Feódor Dostoiévski

O JOGADOR

(do diário de um jovem)

Tradução de Roberto Gomes

www.lpm.com.br

L&PM POCKET

Coleção L&PM Pocket, vol.134
Texto integral

capa: Lay-out de L&PM Editores sobre obra de Jean Béraud, *Lasalle des jeux*.
revisão: Luciana H. Balbueno e Renato Deitos
tradução: Roberto Gomes
produção: Jó Saldanha e Lúcia Bohrer

ISBN 85.254.0930-8

N454 Dostoiévski, Feódor, 1904-1973.
O jogador / Feódor Mikhailovitch Dostoiévski; tradução de Roberto Gomes. -- Porto Alegre : L&PM, 1998.
246 p. ; 17 cm. — (Coleção L&PM Pocket)

1.Ficção russa-romances. I.Título. II.Série.

CDD 891.73
CDU 882-3

Catalogação elaborada por Izabel A. Merlo, CRB 10/329

PORTO ALEGRE: Rua Padre Chagas 185, sala 1102 – 90570-080 – RS
Fone: (051) 222.9664 Fax: (051) 222.9660
SÃO PAULO: Rua Catão 559 – Lapa – 05049-000 – SP
Fone: (011) 3872.0233

Impresso no Brasil
Primavera - 1999

Capítulo I

Voltei afinal de minha ausência de duas semanas. Há três dias o nosso grupo estava em Roulettenburg e eu pensava que me esperassem com Deus sabe qual impaciência. Me enganei. O general me olhou com um jeito muito auto-suficiente, dirigiu-se a mim com arrogância e me encaminhou a sua irmã. Estava claro que haviam conseguido um modo de obter dinheiro. Julgo até que o general sentia um certo constrangimento em me encarar.

Maria Felipovna estava muito ocupada e falou comigo apressadamente. No entanto, pegou o dinheiro, contou-o e escutou meu relato. Esperava-se Mézentsov para o jantar, além do francesinho e de um inglês. Como sempre, desde que houvesse dinheiro, haviam organizado um jantar luxuoso à maneira moscovita. Ao me ver, Paulina Alexandrovna me perguntou por que permaneci fora por tanto tempo e desapareceu sem aguardar minha resposta. De certo ela agia assim deliberadamente. Precisamos, portanto, conversar. Tenho muito que lhe dizer.

Destinaram-me um quartinho no quarto andar do hotel. Sabem que pertenço à comitiva do general. Eles conseguiram ser notados, é evidente. Aos olhos de todos, o general passa por um riquíssimo senhor russo. Antes do jantar, me deu, entre outras tarefas, a de trocar as cédulas de mil francos. Obtive as moedas no escritório do hotel. Ao menos durante uns oito dias nos veriam como milionários.

Procurei Nicha e Nadia para levá-las a um passeio. Mas, da escada, me avisaram que o general queria falar comigo: queria saber onde as levaria. De fato, este homem não consegue me olhar face a face. Ele tenta, mas a cada vez eu lhe respondo com um olhar tão fixo, tão calmo, que ele perde imediatamente a pose. Num discurso pomposo, feito de frases dispostas com solenidade, me explicou que eu deveria passear com as crianças no parque. Por fim, se irritou e disse com dureza:

– Pois você talvez fosse capaz, de levá-las à roleta. Desculpe-me, acrescentou, mas sei que é bastante estouvado e que poderia ser arrastado pelo jogo. Em todos os casos, embora eu não seja o seu mentor, e este é um papel que não quero, tenho o direito de exigir que o senhor não me comprometa, se posso me exprimir assim.

– Acontece que, para perder dinheiro, é preciso tê-lo, respondi tranqüilamente. E eu não o tenho.

– Vou lhe dar imediatamente, respondeu o general, que ruborizou levemente.

Abriu sua escrivaninha, procurou pelo livro de assentamentos e constatou que ainda me devia cento e vinte rublos.

– Como faremos este acerto? É preciso convertê-lo em táleres...[1] Pois bem, eis aqui cem táleres redondos. O resto acertaremos mais tarde.

Peguei o dinheiro sem dizer palavra.

– Não se ofenda com o que vou lhe dizer, por favor. O senhor é tão suscetível!... Se lhe fiz esta observação é, por assim dizer, para preveni-lo. E bem que tenho o direito...

Ao retornar com as crianças, antes do jantar, cruzei com uma cavalgada. Nosso grupo ia visitar não sei que ruínas. Duas caleças magníficas, cavalos esplêndidos! *Mademoiselle Blanche*[2] estava num belo carro juntamente com Maria Felipovna e Paulina. O francesinho, o inglês e o nosso general as escoltavam a cavalo. Os transeuntes paravam para olhar. O efeito havia sido atingido. Mas isso acabaria mal para o general. Calculei que, dos cinqüenta e quatro mil francos que eu havia trazido – somados inclusive ao que possa ter emprestado aqui –, eles têm não mais do que sete ou oito mil francos. É muito pouco para a senhorita Blanche.

Ela também está em nosso hotel, com sua mãe. Também está hospedado conosco o francesinho, que os criados chamam de *monsieur le Comte*. A mãe da senhorita Blanche faz com que a tratem

---

[1] Antiga moeda alemã, de prata.

[2] Deixamos em itálico os trechos que, no original, constam em outra língua que não o russo. Algumas palavras foram sublinhadas pelo Autor, o que foi mantido nesta tradução.

como *madame la Comtesse*. Afinal, por que não seriam realmente *comte* e *comtesse*?

À mesa, *monsieur le Comte* não me reconheceu quando nos encontramos. Claro, o general nem sonhava em nos apresentar um ao outro. Quanto ao *monsieur le Comte*, havia vivido na Rússia e sabia muito bem que um *outchitel*[3] é um personagem insignificante. Nem é preciso dizer que ele me conhece muito bem. Creio até que eu não era esperado para o jantar. O general sem dúvida esqueceu de dar ordens neste sentido, mas sua intenção era de certo me encaminhar à mesa redonda dos hóspedes[4]. Compreendi isso a partir do olhar de descontentamento com o qual me brindou. A gentil Maria Felipovna me indicou imediatamente um lugar. Mas Mr. Astley ajudou-me a sair desta situação desagradável e, apesar do general, do *monsieur le Comte* e da *madame la Comtesse*, foi possível me incorporar ao grupo.

Eu havia conhecido aquele inglês na Prússia, num vagão no qual estávamos sentados um diante do outro. Tornei a vê-lo posteriormente na França e na Suíça. Jamais vira homem tão tímido – tímido a ponto de parecer imbecil, mas apenas na aparência, pois ele nem liga para os que o julgam um néscio. É uma pessoa de trato doce e agradável. Havia estado no verão no cabo Norte e desejava

---

[3] Preceptor.

[4] Mesa de uso comum em hotéis e restaurantes.

assistir à feira de Nijni-Novgorod. Não sei como conheceu o general. Parece perdidamente apaixonado por Paulina. Quando ela entrou, ficou vermelho como um pimentão. Estava muito contente em ter-me com ele à mesa e me tratava como se eu fosse seu amigo íntimo.

Durante o jantar, o francesinho comportou-se de modo extravagante. Tratava todo mundo com desdém e sem cerimônia. Lembro-me de que, em Moscou, deitava poeira nos olhos. Discorreu interminavelmente sobre as finanças e a política russas. O general permitiu-se contradizê-lo uma ou duas vezes, mas discretamente, o bastante para não perder definitivamente seu prestígio.

Eu estava numa disposição de espírito muito estranha. Nem é preciso dizer que, desde a metade do jantar, me colocava minha habitual e eterna questão: "Por que continuo ligado ao grupo deste general? Deveria tê-lo deixado há muito tempo!". De tempos em tempos, olhava Paulina Alexandrovna, mas ela não me dava a menor atenção. Acabei perdendo a linha e decidi cometer umas impertinências.

Para começar, me intrometi intempestivamente na conversa, sem ser convidado, falando em voz alta. Pretendia sobretudo discutir com o francesinho e, sem rodeios, em voz alta e inteligível (acredito até que o interrompi), observei que neste verão os russos estavam quase impossibilitados de fazer suas refeições na mesa dos hóspedes. O general me olhou estupefato.

– Caso tenha respeito por si mesmo, continuei, irá se expor infalivelmente a afrontas e sofrer vexames. Em Paris, junto ao Reno, na Suíça, as mesas dos hóspedes estão cheias de polonesinhos e outros que tais, como os francesinhos, que não lhe deixam espaço para dizer uma só palavra, caso você seja o único russo presente.

Eu disse isso em francês. O general me olhava com espanto, indeciso se deveria se irritar ou apenas se surpreender pelo fato de eu ter chegado a tal ponto.

– Sem dúvidas, alguém terá lhe dado uma lição!, me disse o francesinho com um negligente desprezo.

– Em Paris, respondi, discuti com um polonês e depois com um oficial francês que apoiava este polonês. Uma parte dos franceses colocou-se a meu lado quando lhes disse que estive a ponto de escarrar no café de um *monsignor*.

– Escarrar!, exclamou o general com um espanto altivo.

O francesinho me lançou um olhar desconfiado.

– Exatamente, respondi. Como estava convencido de que dois dias após seria obrigado a ir a Roma a negócios, fui à nunciatura para visar meu passaporte. Lá encontrei um abadezinho de uns cinqüenta anos, seco, com maneiras glaciais. Ele me escutou com polidez, mas pediu-me bastante secamente, embora com polidez, para que eu esperasse. Eu estava com pressa. No entanto, sentei-me, tirei de meu bolso *l'Opinion nationale,* no qual li um terrível ataque à Rússia. Nesse meio tempo, escutei, do quarto ao lado, alguém entrar para ser recebido pelo *monsignor*. Alertei ao abade, perguntando se não era a minha vez. Ainda mais secamente, me pediu que esperasse. Apareceu um austríaco, foi ouvido e recebido em seguida. Foi quando fiquei furioso, me levantei e, aproximando-me do abade, lhe disse com firmeza: "Já que o *monsignor* está recebendo, faça-me entrar!". O abade fez um gesto de extraordinária surpresa. Que um russo comum pretendesse ser tratado como os outros, isso ultrapassava a compreensão do fradeco. Ele me mediu da cabeça aos pés e me disse num tom provocador, como se se rejubilasse em me ofender: "É claro! O *monsignor* vai deixar esfriar o café por sua causa!". Foi quando me pus a gritar com uma voz de trovão: "Escarro no café do *monsignor*! Estou me lixando pro seu café! E se o senhor não resolver logo a questão do meu passaporte, entrarei de qualquer modo!" – "Como? Um cardeal está no momento com o *monsignor*!", gritou o abadezinho tremendo de horror e, jogando-se sobre a porta, grudou as costas nela, os braços em cruz, demonstrando que morreria antes de me deixar passar. Então respondi que eu era herético e bárbaro e que desprezava os arcebispos, os cardeais, os monsenhores, etc. etc. O abade me olhou com um sorriso cheio de ódio, arrancou o passaporte de minhas mãos e levou-o para cima. Um minuto depois eu estava de posse do meu visto. Está aqui comigo, querem vê-lo?

Retirei meu passaporte e mostrei meu visto pontifício.

– Não obstante, o senhor..., começou o general.

– O que o salvou, notou o francesinho sorrindo, foi ter se declarado herético e bárbaro. *Cela n'était pas si bête.*[5]

– Seja como for, não posso fazer como os seus russos. Ficam lá parados, não ousam proferir uma palavra e estão sempre dispostos a renegar a sua nacionalidade. Ao menos em Paris, o pessoal do hotel me tratava com mais deferência ao saber de minha proeza com o abade. Um gordo *pane*[6], que foi o meu maior inimigo na mesa dos hóspedes, a partir daí retirou-se para um segundo plano. Mesmo os franceses não me interromperam quando contei que há dois anos, em 1812, vi um homem contra o qual um fuzileiro francês disparou somente para descarregar sua arma. Este homem era então um menino de dez anos e sua família não tivera tempo de abandonar Moscou.

– Não é possível!, gritou o francesinho. Um soldado francês não atiraria numa criança.

---

[5] Isso não foi tão estúpido.

[6] Senhor.

– No entanto, foi o que ocorreu, respondi, foi um honorável capitão da reserva que me contou e cheguei a ver até mesmo a cicatriz que trazia no rosto.

O francês disparou a falar muito e vivamente. O general tentou de início apoiá-lo, mas eu aconselhei que lesse, a título de exemplo, as *Mémoires* do general Perovsky[7], que, em 1812, foi prisioneiro dos franceses. Por fim, Maria Filipovna começou a falar de outro assunto para mudar o curso daquela conversa. O general estava muito descontente comigo e, de fato, eu e o francês não falávamos mais, nós vociferávamos. Por outro lado, nossa discussão parecia agradar muito a Mr. Astley, que, levantando-se da mesa, me convidou a beber com ele um copo de aguardente.

À noite, como o desejava, tive um quarto de hora para falar com Paulina, durante o passeio. Todos haviam saído pelo parque na direção do cassino. Paulina sentou-se num banco, em frente ao chafariz, e permitiu que Nadia fosse brincar um pouco mais distante com outras crianças. Mandei que Micha fosse para perto das outras crianças e finalmente ficamos a sós.

Falamos de início a respeito de negócios. Paulina irritou-se prontamente quando lhe entre-

---

[7] O general Perovsky foi aprisionado pelos franceses após Borodino, cidade da Rússia e nome dado pelos russos à batalha de 7 de setembro de 1812, contra os invasores franceses. Suas *Mémoires* acabavam de ser publicadas na Rússia.

guei setecentos florins[8]. Ela esperava que, em Paris, eu houvesse obtido ao menos dois mil florins pelos seus diamantes.

– Preciso de dinheiro custe o que custar, me disse ela. É necessário dar um jeito, senão estou perdida.

Perguntei-lhe o que se passara na minha ausência.

– Nada, exceto que recebemos duas notícias de Petersburg. Em primeiro lugar, que a vovó estava muito mal. Dois dias depois, que estava morta. Esta última notícia nós a recebemos através de Timóteo Petrovitch, um homem muito correto. Agora esperamos a confirmação.

– Então, todos aqui estão à espera disso?, perguntei.

– Há seis meses não esperamos outra coisa.

– Você também está esperando?, perguntei.

– Não sou sequer parente, sou apenas a enteada do general. Todavia, estou certa de que ela não esqueceu de mim no testamento.

– Estou certo de que receberá uma bela soma, afirmei.

– Sim, ela me amava. Mas por que tem tamanha certeza?

Respondi com uma pergunta:

– Nosso marquês também participa de todos os segredos de família?

---

[8] Florins, moeda de prata ou de ouro em vários países; unidade monetária da Holanda e da Hungria.

– No que isso pode lhe interessar?, me perguntou Paulina, olhando-me com um ar frio e severo.

– Bem, se não me engano, o general emprestou dinheiro dele.

– Suas hipóteses estão corretas.

– Então! Ele lhe daria dinheiro caso ignorasse o caso da avozinha? Você mesma lembrou, à mesa, por três vezes, que ao falar da avó ele a chamou de *baboulinka*[9]? Que intimidade charmosa!

– Sim, tem razão. Mas desde que soube que eu teria uma parte no testamento, me pediu em casamento. É isso que queria saber, não é verdade?

– Ele ainda pede sua mão? Eu imaginava que há muito tempo assumira poses de pretendente.

– Sabe perfeitamente que não! disse Paulina com impaciência e, após um silêncio, perguntou: Onde encontrou este inglês?

– Sabia que iria me perguntar a respeito.

Contei-lhe sobre meus encontros anteriores, em viagem, com mister Astley.

– Ele é tímido e sentimental e já está apaixonado por você, naturalmente!

– Sim, está apaixonado por mim, respondeu Paulina.

– E ele é dez vezes mais rico do que o francês, não é? Aliás, o francês possui realmente uma fortuna? É fora de dúvida?

– Não há dúvida. Tem um castelo. O general me confirmou ainda ontem. Então, isso lhe basta?

---

[9] Diminutivo afetuoso de avó.

– Fosse você, casaria com o inglês.

– Por quê?, perguntou Paulina.

– O francês é mais belo, porém um canalha. O inglês é honesto e, além disso, dez vezes mais rico!, eu disse num tom ferino.

– É verdade. Mas o francês é um marquês e é mais inteligente, replicou ela calmamente.

– Tem certeza?, continuei no mesmo tom.

– Certeza absoluta.

Minhas questões desagradavam Paulina. Eu sentia que ela queria me irritar com o tom e a extravagância de suas respostas. Disse a ela de imediato.

– É verdade, me diverte irritá-lo. É preciso que me recompense por lhe permitir todas estas perguntas e suposições.

– Eu me dou precisamente o direito de lhe colocar todas as perguntas que desejar, respondi tranqüilamente, pois estou pronto a pagar por elas o preço que quiser e porque não faço nenhuma questão de minha própria vida.

Paulina disparou uma gargalhada.

– Não faz muito, em Schlangenberg, o senhor me disse que estava pronto, bastando uma palavra minha, a se jogar de cabeça num precipício – e ele tinha, creio, uns mil pés de altura. Direi algum dia esta palavra, unicamente para ver se você a executa e esteja certo de que eu serei firme. Odeio-o por todas as liberdades que permiti que tomasse comigo e, ainda mais, porque preciso de você. Como ainda preciso, devo poupá-lo.

Ela se levantou. Parecia exasperada. De uns tempos para cá nossas conversas terminavam sempre neste tom de exasperação e ressentimento.

– Permite que eu lhe pergunte que tipo de pessoa é a senhorita Blanche?, eu disse, pretendendo impedir que saísse sem explicação.

– O senhor sabe muito bem. Nada aconteceu de novo. A senhorita Blanche será com certeza a generala, caso os rumores de morte da avozinha se confirmem, naturalmente. Pois a senhorita Blanche, sua mãe e seu primo em segundo grau, o marquês, sabem muito bem que estamos arruinados.

– E o general está loucamente apaixonado?

– Não se trata disso no momento. Escute bem e não esqueça do seguinte: tome estes setecentos florins e vá jogar. Ganhe para mim na roleta o quanto for possível. Preciso de dinheiro a todo custo.

Depois de dizer estas palavras, ela chamou Nadia e partiu rumo ao cassino, onde reencontrou todo o nosso grupo. Eu tomei o primeiro atalho à esquerda. Eu devaneava e não conseguia superar minha surpresa. A ordem de ir jogar na roleta me deixou atordoado. Coisa estranha, pois tinha tanto sobre o que refletir e, no entanto, perdia meu tempo analisando meus sentimentos por Paulina. É verdade que me senti mais leve durante os quinze dias de ausência do que agora, no dia de meu retorno. No entanto, durante minha viagem, havia sofrido como um louco. Corria de um lado para outro como se tivesse o diabo no corpo e, mesmo em sonho, eu a via continuamente a minha frente. Um dia – foi na Suíça –, dormindo num vagão, me surpreendi falando alto com Paulina e isso divertiu todos que viajavam comigo. Hoje, uma vez mais, me coloquei a questão: "Será que a amo?". E uma vez mais não soube responder, ou melhor, pela centésima vez, respondi que a odeio, sim, eu a odeio. Às vezes, sobretudo ao final de nossas conversas, daria a metade de minha vida para poder estrangulá-la. Eu juro que, se me fosse possível enfiar lentamente em seu peito um punhal bem afiado, eu o teria feito com prazer. Entretanto, eu poderia jurar por tudo que fosse mais sagrado que se, lá em cima, no Schlangenberg, no cume mais freqüentado, ela me ordenasse realmente para que eu me jogasse lá em baixo, eu o teria feito, até mesmo com deleite. Eu o sabia. De uma ou outra forma, era preciso que aquilo se resolvesse. Ela compreende admiravelmente tudo isso e, ao pensamento de que estou plenamente consciente de sua intangibilidade, plenamente consciente da vaidade de meus desejos, ela experimenta, estou certo, uma alegria extraordinária. Senão, ela poderia, reservada e inteligente como ela é, me tratar com tanta familiaridade e franqueza? Tenho a impressão de que até este dia ela me olhou como aquela imperatriz da antigüidade que despiu-se diante de seu escravo, não o considerando como um homem. Sim, com freqüência ela não me considera como um homem...

Entretanto, ela me havia confiado uma missão: ganhar na roleta, custe o que custar. Eu não tinha mais a chance de me perguntar por quê nem em quanto tempo era preciso ganhar, nem que cálculos novos haviam nascido naquele cérebro sempre ativo. Além disso, durante estes quinze dias de ausência, uma multidão de acontecimentos ocorrera e deles eu não tinha conhecimento. É preciso elucidar tudo isso, trazer tudo isso à tona o mais rápido possível. Mas, no momento, eu tinha outra coisa a fazer: devia ir à roleta.

Capítulo II

Falando a verdade, era muito desagradável para mim. Eu havia decidido jogar, mas não esperava começar substituindo outra pessoa. Eu estava até mesmo um tanto desnorteado e, ao entrar no salão de jogo, deu-me uma sensação de desconforto. Ao primeiro olhar, tudo me desagradou. Não podia suportar esta servilidade dos folhetins do mundo inteiro e, sobretudo, dos jornais russos, nos quais, a cada primavera, nossos folhetinistas impõem estes dois temas: primeiro, a magnificência e o luxo dos salões de jogos nas estações de águas à beira do Rhin e, segundo, os pedaços de ouro acumulados sobre as mesas. Os folhetinistas, entretanto, não são pagos para dizer isso. É pura subserviência. Tais salões são despidos de todo esplendor e não apenas o ouro não se encontra sobre as mesas como é raro nestes recintos. Claro que às vezes desembarca um original qualquer durante uma temporada, um inglês, asiático, turco, que em pouco tempo perde ou ganha somas fabulosas. Mas, quanto ao movimento normal, ele é feito de alguns florins e há muito pouco dinheiro sobre as mesas.

Ao entrar – pela primeira vez em minha vida – permaneci algum tempo sem ousar me entregar ao jogo. Ademais, fui retido pela multidão. Mas, caso estivesse só, creio que teria saído ao invés de jogar. Meu coração batia forte, confesso, e faltava-me o meu sangue-frio. Estava convencido há muito de que não deixaria Roulettenburg do mesmo modo como havia chegado. Um acontecimento radical e decisivo interferiria infalivelmente em meu destino. É preciso e assim será. Por mais ridícula que seja esta esperança que depositei na roleta, me parece mais ridícula ainda a opinião geralmente aceita segundo a qual seria absurdo esperar alguma coisa do jogo. Por que o jogo seria pior do que outras maneiras de ganhar dinheiro, do que o comércio, por exemplo? É verdade que apenas um sujeito em cada cem tem a sorte de ganhar. Mas por que me inquieto com isso?

Resolvi de qualquer forma examinar bem e não começar nada de sério naquela noite. Se algo ocorresse, seria por acaso e de passagem. Era o que havia decidido. Além disso, era preciso estudar o próprio jogo, pois, apesar das inúmeras descrições da roleta que havia lido com avidez, eu não compreendi as combinações do jogo senão quando as vi com meus próprios olhos.

Mas de início tudo me pareceu sujo, repulsivo. Não falo dos rostos inquietos que se comprimem às dezenas, às centenas, ao redor das mesas, já que não vejo nada de sujo no desejo de ganhar com os menores meios a maior soma possível. Sempre me pareceu estúpido o pensamento de um moralista muito satisfeito consigo mesmo e sem carências que dizia a um jogador que argumentara arriscar pouca coisa: "É pior ainda, pois trata-se de uma cobiça medíocre". Como se uma cobiça medíocre e uma grande cobiça não fossem a mesma coisa. O que é mesquinho aos olhos de Rothschild é opulência aos meus. E o que é um ganho ou uma perda nem sempre é visto da mesma maneira pelas pessoas, não só na roleta. O lucro é sórdido em si mesmo? A questão é outra. E não será aqui que a resolverei. Como eu estava no mais alto grau possuído pelo desejo de ganhar, toda esta cupidez infame, se quiserem, era-me, desde a minha entrada no salão, mais próxima, mais familiar, por assim dizer. Não há nada de mais agradável do que não se sentir atingido diante dos olhos dos outros, agindo abertamente e sem constrangimento. De que serve enganar-se a si mesmo? É a ocupação mais vã e desprezível.

O que me parece realmente feio e vil – sobretudo à primeira vista –, em toda aquela canalha que forma o público da roleta, é a intolerável gravidade das pessoas sentadas ao redor das mesas. Eis por que isso marca um limite que separa o jogo de *mauvais genre*[10] daqueles que são adequados a um homem de verdade. Há dois jogos: o dos cavalheiros e o da plebe. Podemos distingui-los muito

[10] De gênero ruim.

severamente e, entretanto, falando a verdade, o quanto é infame esta distinção! Um cavalheiro, por exemplo, arrisca cinco ou seis luíses[11], raramente mais – ainda que possa, caso seja muito rico, jogar mil francos –, mas contém-se por amor ao jogo simplesmente, para se divertir, para estudar o *processus* dos ganhos e das perdas. Não se interessa de modo algum em ganhar. Se ganha, pode, por exemplo, rir em voz alta, fazer um agrado a qualquer de seus vizinhos. Pode mesmo tornar a jogar o que ganhou, dobrar a aposta, mas tão somente por curiosidade, para testar a sorte, para calcular as combinações, jamais pelo desejo vulgar de ganhar. Numa palavra, não considera todas estas mesas de jogo, a roleta ou o *trente et quarante*[12], como um divertimento organizado unicamente para seu prazer. Sequer deve desconfiar das intenções e das armadilhas sobre as quais repousa a banca. Seria até elegante de sua parte imaginar que todos os outros jogadores, todos estes tipos de baixa extração que tremem por um florim, são cavalheiros ricos como ele e que jogam unicamente para se distrair e passar o tempo. Esta ignorância total da realidade e sua consideração simples a respeito dos homens seriam, evidentemente, as mais aristocráticas. Não deve ver, no salão de jogo, nada além de um divertimento. E não deveria ser

---

[11] Luís, antiga moeda francesa de ouro, cuja cunhagem principiou sob Luís XIII, no século XVII.

[12] Uma espécie de jogo de cartas.

este o pensamento de toda esta canalha que o rodeia? Ela também não deveria jogar por puro prazer? Este desprezo pela questão do lucro, por sua parte, é muito aristocrático...

Vi mães darem moedas de ouro a graciosas jovens de quinze ou dezesseis anos para ensinar-lhes a jogar. A menina, ganhando ou perdendo, se retirava extasiada, sempre com um sorriso.

Nosso general aproximou-se da mesa com uma sólida segurança. Um lacaio se precipitou para lhe oferecer uma cadeira, mas ele nem o viu. Pegou trezentos francos em ouro em sua bolsa e colocou-os sobre o negro. Ganhou. Nem recolheu o dinheiro, deixou-o sobre a mesa. O negro saiu novamente. Mais uma vez, deixou sua aposta no mesmo lugar. Mas, no terceiro lance, o vermelho saiu e ele perdeu mil e duzentos francos de uma só vez. Com um sorriso cheio de autoconfiança, ele se foi. Estou certo de que seu coração estava ferido, mas, ainda que a aposta tivesse sido dupla ou tripla, não se permitiria demonstrar qualquer insatisfação. Devo dizer que, à minha frente, um francês ganhou e perdeu serenamente e sem um traço sequer de emoção trinta mil francos. Creio que um verdadeiro cavalheiro deve perder tudo sem qualquer emoção. O dinheiro deve ficar tão abaixo de um cavalheiro que ele o negligencia sem se inquietar. Claro, é muito aristocrático parecer ignorar o quanto todo aquele ambiente é vulgar e devasso. Entretanto, a atitude contrária é muitas vezes igualmente distinta: notar, quer dizer olhar e mesmo observar, seja através de um binóculo, toda esta canalha, mas considerando toda esta turba e toda esta lama como uma espécie de divertimento, uma representação organizada para o descanso dos cavalheiros. Podemos nos misturar a esta turba mas olhar em torno com absoluta convicção mantendo-se como espectador e sem se permitir ser envolvido em sua composição. Por outro lado, não convém tampouco observar com excessiva insistência. Novamente, isso seria indigno de um cavalheiro, pois, em todos os casos, este espetáculo não merece uma atenção tão continuada. E, em geral, existem poucos espetáculos dignos da atenção de um cavalheiro. Ora, eu tinha a impressão que tudo aquilo merecia ao contrário um atenção muito firme, sobretudo para quem não veio apenas observar mas se unir sinceramente e de boa fé a toda esta canalha. Quanto às minhas convicções morais mais secretas, elas não têm evidentemente lugar nas considerações atuais. Tudo bem, disse isso por desencargo de consciência. Mas observarei o seguinte: desde algum tempo, é para mim muito desagradável adequar minhas ações e meus pensamentos a qualquer critério moral. Tenho me voltado para uma outra direção...

Cabe à gentalha fazer o papel sujo. Não estou longe de crer que este pretenso jogo esconde furtos comuns que são cometidos em volta da mesa. Os crupiês, nas cabeceiras da mesas, verificam os lances e fazem as contas. Têm um trabalho massacrante. Eis aí, mais uma vez, a canalha! Franceses na maior parte. Se registro estas observações, não é para descrever a roleta, é pensando em mim mesmo, para traçar uma linha de conduta futura. Não é raro – ao contrário, é comum –, quero dizer, que a mão de alguém se estenda através da mesa e se aproprie do que você ganhou. Uma discussão surge, grita-se, e, pergunto, qual o meio de provar a quem pertence o lance?

De início, toda esta comédia era indecifrável para mim. Compreendia mais ou menos que se apostava sobre os números, sobre o par ou o ímpar, sobre as cores. Naquela noite decidi arriscar apenas cem dos florins de Paulina. O pensamento de que estava debutando como jogador de outra pessoa me perturbava. Era uma sensação muito desagradável, da qual pretendia me livrar o mais rápido possível. Parecia-me que, jogando por Paulina, estava arruinando minha própria sorte. Basta, portanto, encostar-se numa mesa de jogo para nos tornarmos supersticiosos!

Coloquei cinco fredericos[13], quer dizer, cinqüenta florins sobre o par. A roleta girou e saiu o treze. Doentiamente, e querendo acabar com aquilo, coloquei então cinqüenta florins no vermelho. E saiu o vermelho. Deixei os cem florins sobre o vermelho, que saiu novamente. Deixei tudo e ga-

---

[13] Frederico: antiga moeda de ouro da Prússia.

nhei mais uma vez. Coloquei duzentos florins na dúzia do meio, sem saber o que aquilo poderia me dar. Pagaram me o dobro de meu lance. Ganhei, pois, setecentos florins. Mas eu experimentava estranhas sensações. Quanto mais ganhava, mas sentia ganas de sair dali. Parecia-me que eu não teria jogado desta forma se fosse para mim. Coloquei então os oitocentos florins no par.

– Quatro, disse o crupiê.

Deram-me mais oitocentos florins e, reunindo tudo, fui ao encontro de Paulina.

Estavam todos passeando no parque e só a encontrei durante o jantar. O francês não estava lá e o general aproveitou esta ausência para me dizer tudo que guardava no coração. Entre outras coisas, observou que não desejava me ver na mesa de jogo. Segundo lhe parecia, era algo muito perigoso para mim.

– Seja como for, isso me compromete. Não tenho o direito de controlar sua conduta, mas penso que saberá entender o que digo.

Aqui, segundo seu hábito, deixou a frase em suspenso. Eu lhe disse secamente que dispunha de pouco dinheiro e que não arriscava perder muito. Voltando para casa, tive tempo de entregar a Paulina o seu dinheiro e lhe dizer que doravante eu não jogaria para ela.

– Por quê?, perguntou, inquieta.

– Porque quero jogar para mim, respondi olhando-a com surpresa, o que me embaraçou.

– Quer dizer que continua acreditando que a roleta é sua única saída, sua tábua de salvação? perguntou com um sorriso debochado.

Respondi muito seriamente que era verdade. Quanto a minha certeza de que infalivelmente ganharia, eu admitia que parecia ridícula, "mas que me deixassem em paz"!

Paulina Alexandrovna me ofereceu dividir o lucro do dia, e me estendeu oitenta fredericos, propondo que continuássemos nessas condições. Recusei categoricamente. Disse que era impossível jogar para os outros, não porque não quisesse mas porque assim estava certo de que perderia.

– E entretanto, disse ela, por mais idiota que isso seja, eu também não tenho qualquer esperança a não ser na roleta. É preciso, portanto, que jogue para mim, dividiremos meio a meio. E o fará, está claro.

Ditas estas palavras, ela se afastou sem escutar meus protestos.

Capítulo III

Ontem, ao longo de todo o dia, ela não me disse uma palavra a respeito do jogo. Não só isso: evitava me falar. Não mudou suas atitudes com relação a mim. A mesma sem-cerimônia absoluta ao nos encontrarmos, com um não sei o quê de desprezo e de ódio. Tudo somado, ela não procura dissimular sua aversão por mim, bem o sei. Apesar disso, não esconde que precisa de mim e que me mantém ao alcance de sua mão com uma finalidade que ignoro. Entre nós estabeleceram-se relações estranhas que são para mim em parte incompreensíveis se levarmos em conta o orgulho e o desdém que ela dirige a todo mundo. Ela sabe, por exemplo, que a amo com loucura; ela me permite até mesmo entretê-la com minha paixão. Não poderia manifestar seu desprezo de um modo melhor que me autorizando a lhe falar de meu amor livremente e sem obstáculos. "Eu faço tão pouco caso de teus sentimentos, ela parece dizer, que tudo que puderes me dizer, tudo que puderes sentir com relação a mim, me é perfeitamente indiferente." Em outras ocasiões, ela me falou com freqüência de seus negócios, sem nunca ser inteiramente sincera. Em seu desprezo por mim, introduzia refinamentos deste gênero: sabia, por exemplo, que eu estava ao corrente de tal circunstância de sua vida ou de uma conjectura que lhe inspirava sérios temores; ela própria me contava em parte estes acontecimentos, caso precisasse me usar para atingir seus fins, como escravo ou como garoto de recados. Mas ela não se confiava nada mais do que se confia a um simples empregado e, se todos os encadeamentos dos fatos me eram desconhecidos, se ela queria que eu me atormentasse e me inquietasse com seus tormentos e suas inquietudes, jamais se dignava a me conceder completamente amizade franca. Portanto, já que me encarregava com freqüência de missões delicadas e mesmo perigosas, deveria usar, penso eu, de franqueza comigo. Mas iria ela se preocupar com meus sentimentos, da parte que eu captava de seus alarmes e angústias, três vezes piores do que as suas próprias talvez, que me faziam experimentar suas preocupações e seus sonhos!

Há três semanas eu sabia de sua intenção de jogar na roleta. Ela chegara a me advertir de que eu deveria jogar em seu lugar por não ser conveniente que ela mesma o fizesse. Pelo tom de suas palavras, notei que ela tinha alguma preocupação séria e não um simples desejo de jogar. O dinheiro em si não interessa a ela. Existe lá um objetivo, circunstância que desconheço mas que posso adivinhar. Evidentemente, a humilhação e a escravidão na qual ela me mantém, me daria (e me dão com freqüência) a possibilidade de interrogá-la sem rodeios e sem cerimônias. Já que sou para ela um escravo, já que não existo a seus olhos, ela não pode ofender-se com minha falta de polidez ou minha curiosidade. Mas, de fato, permitindo que eu lhe faça perguntas, ela não as responde. Algumas vezes não lhe presta qualquer atenção. Estas são nossas relações!

Ontem falamos muito de um telegrama, enviado a Petersburg há quatro dias e que continua sem resposta. O general está visivelmente agitado e preocupado. É por causa da vovó, certamente. O francês também está agitado. Ontem, por exemplo, após o jantar, eles conversaram seriamente por um longo tempo. O francês assume conosco ares incrivelmente altivos e negligentes. Como diz o provérbio: "Caso você o acolha em sua mesa, logo ele coloca os pés em cima dela". Mesmo com Paulina sua sem-cerimônia alcança a grosseria. Estando por perto, toma parte nos passeios da família pelo parque do cassino ou nas cavalgadas e excursões pelas redondezas. Estou a par há algum tempo das circunstâncias que iniciaram as relações entre o francês e o general. Na Rússia, tiveram a intenção de montar juntos uma usina – ignoro se este projeto foi abandonado ou se ainda falam dele. Além disso, surpreendi por acaso uma parte de seu segredo de família: o francês salvou efetivamente o general de complicações no ano passado ao lhe emprestar trinta mil rublos para completar a soma que ficou devendo ao se demitir de suas funções. E o general está em suas mãos; mas no momento é a senhorita Blanche que desempenha o papel principal em toda esta comédia e estou certo de que não erro ao afirmar isso.

Quem é esta senhorita Blanche? Diz-se por aqui que é uma francesa de qualidade, que viaja com sua mãe e que possui uma fortuna colossal. Sabe-se também que é parente distante de nosso marquês, algo como prima em segundo grau. Conta-se que antes de minha viagem a Paris o francês e a senhorita Blanche mantinham relações mais cerimoniosas, mais delicadas; agora, sua amizade e seu parentesco se mostram de modo mais direto e mais íntimo. Talvez nossos negócios lhes pareçam estar em condições tão ruins que julgam a partir daí inútil dissimular e nos demonstrar consideração. Antes de ontem, observei a maneira como Mr. Astley analisava a senhorita Blanche e sua mãe. Pareceu-me que ele as conhecia. Cheguei a pensar até que o nosso francês também já encontrou com Mr. Astley. De resto, Mr. Astley é de tal maneira tímido, pudibundo e taciturno, que não podemos depositar qualquer esperança nele: continuaremos a lavar a roupa suja em família. Em todos os casos, o francês mal o cumprimenta e não lhe concede nenhuma atenção – isso quer dizer que não o teme. Isso também se pode compreender. Mas por que a senhorita Blanche também parece ignorá-lo? Mais do que ontem, o marquês se traiu: declarou subitamente, durante uma conversa a respeito de não sei qual assunto, que sabia que Mr. Astley era colossalmente rico. Foi quando a senhorita Blanche foi levada a olhar para Mr. Astley! Compreende-se a importância que pode ter agora para ele um telegrama anunciando a morte de sua tia!

Ainda que eu estivesse convencido que Paulina evitava intencionalmente um encontro comigo, assumi um ar indiferente e frio. Julgava que ela pudesse bruscamente decidir me procurar. Por outro lado, ontem e hoje, dirigi toda minha atenção à senhorita Blanche. Pobre general, ele está decididamente perdido! Apaixonar-se aos cinqüenta e cinco anos com uma tal violência é sem dúvidas uma infelicidade. Acrescente-se a isso sua viuvez, seus filhos, a ruína, as dívidas e, finalmente, a mulher pela qual ele se apaixonou. A senhorita Blanche é linda. Mas não sei se eu seria compreendido caso dissesse que ela tem um destes rostos que inspiram pavor. Pelo menos, sempre tive medo deste tipo de mulher. Tem cerca de vinte e cinco anos. Ela é grande, com belos ombros, pescoço e busto opulentos, uma pele bronzeada, cabelos negros como o ébano e muito abundantes, o suficiente para dois penteados. Os olhos negros, o branco do olho ligeiramente amarelado, um olhar insolente, dentes brilhantes, lábios sempre pintados. E cheira a almíscar. Veste-se de uma maneira vistosa, ricamente, com elegância, mas com muito bom gosto. Seus pés e suas mãos são admiráveis. Sua voz, um contralto rouco. Ri às vezes às gargalhadas mostrando todos os dentes, mas o mais freqüente é permanecer silenciosa e com um ar insolente, ao menos na presença de Paulina e de Maria Philippovna. (Corre um boato estranho: Philippovna retornou à Rússia.) Parece-me que Blanche não tem nenhuma instrução, talvez seja até um pouco tola mas, em contrapartida, é desconfiada e astuta. Creio que sua vida sempre esteve cheia de aventuras. Enfim, é possível que o marquês não seja de modo algum seu parente e nem sua mãe a sua verdadeira mãe. Mas parece que em Berlim, onde as encontramos, ela e sua mãe tinham boas relações. Quanto ao marquês, ainda que até hoje eu duvide que seja marquês, parece fora de dúvida que ele pertence à alta sociedade, tanto em Moscou quanto na Alemanha. Ignoro o que acontece na França. Diz-se que possui um castelo. Creio que durante estes quinze dias correu muita água sob a ponte, desta forma ainda não sei ao certo se a senhorita Blanche e o general trocaram palavras decisivas. Em suma, tudo depende agora de nossa situação, quer dizer, da quantidade de dinheiro que o general pode fazer cintilar diante deles. Se, por exemplo, viermos a saber que a vovó continua viva, estou certo de que Blanche sumirá em seguida. Julgo mesmo espantoso e ridículo ter-me tornado de tal modo fuxiqueiro. Oh, como tudo isso me repugna! Com que alegria eu abandonaria toda esta gente e tudo isso que nos rodeia! Mas será que conseguirei me afastar de Paulina, poderei deixar de espionar o que se passa a sua volta? A espionagem é certamente uma coisa abjeta, mas estou pouco ligando!

Ontem e hoje, Mr. Astley me pareceu estranho. Sim, estou convencido de que está apaixonado por Paulina. Curioso e cômico, tudo que pode exprimir o olhar de um homem apaixonado, tímido e de uma pudicícia doentia, a ponto de preferir enterrar-se no fundo de um poço do que se trair por uma palavra ou por um olhar. Cruzamos com freqüência com Mr. Astley em nossos passeios. Ele retira o chapéu e segue seu caminho, com certeza morrendo de desejo de se juntar a nós. E se o chamamos, declina o convite imediatamente. Nos lugares onde descansamos, no cassino, no concerto ou diante do esguicho, ele sempre pára nas proximidades de nosso banco. Onde estivermos, no parque, na floresta, no alto do Schlangenberg, basta lançamos os olhos a nosso redor para vermos surgir inevitavelmente, na clareira mais próxima ou atrás de um grupo de árvores, a silhueta de Mr. Astley. Tenho a impressão de que ele procura uma oportunidade de me falar em particular. Nesta manhã nos encontramos e trocamos algumas palavras. Às vezes ele fala usando frases entrecortadas. Antes mesmo de me dizer bom-dia, ele exclamou:

– Ah, a senhorita Blanche!... Conheci muitas mulheres como a senhorita Blanche!

Calou-se, olhando-me de um modo significativo. O que ele pretendia dizer com aquilo, não sei, pois à minha pergunta: “O que quer dizer?”, ele sacudiu a cabeça e, com um sorriso maligno, acrescentou:

– É isso. A senhorita Paulina ama as flores?

– Não sei, respondi.

– Como! Não sabe mesmo?, exclamou, completamente estupefato.

– Não, não sei, não prestei atenção, repeti, rindo.

– Hum! Isso me dá uma idéia.

Neste ponto, me fez um sinal com a cabeça e retomou seu caminho. Tinha aliás um ar satisfeito. Ambos falamos um francês execrável.

CAPÍTULO IV

O dia foi ridículo, escandaloso, absurdo. São onze horas da noite. Sentado em meu quartinho, tento colocar em ordem minhas lembranças. Tudo começou pela manhã: era preciso que eu fosse jogar na roleta para Paulina Alexandrovna. Peguei seus cento e sessenta fredericos, mas sob duas condições: primeiro, que eu não aceitaria jogar meio a meio, ou seja, caso ganhasse não ficaria com nada para mim; segundo, à noite, Paulina me explicaria por qual razão tinha tamanha necessidade de ganhar e exatamente quanto. Eu não podia supor que fosse apenas pelo dinheiro. Visivelmente, está sendo pressionada por alguma urgência, embora eu ignore de que tipo. Ela prometeu me dar explicações e eu me dirigi à roleta.

Estávamos comprimidos na sala de jogo. Como são insolentes, todos eles, e ávidos! Atravessei a multidão e me coloquei ao lado do crupiê. Comecei timidamente, não arriscando mais do que duas ou três peças de cada vez. Neste meio tempo, observava e fazia anotações. Parece-me que todos estes cálculos não significam grandes coisas e não têm a importância que lhe atribuem muitos jogadores. Sentam-se lá com folhas cobertas com números, anotam os lances, contam, projetam as probabilidades, fazem uma última operação, finalmente apostam... e perdem, como os simples mortais que jogam sem calcular. Por outro lado, cheguei a uma conclusão que me parece correta: de fato, na sucessão de probabilidades fortuitas, há, senão um sistema, uma espécie de ordem; é evidentemente muito estranho. Por exemplo, acontece que após os doze números do meio, saem os doze últimos; duas vezes, digamos, o lance recai sobre os doze últimos números e passa aos doze primeiros. Tendo caído sobre os doze primeiros, retorna aos doze do meio. Três, quatro vezes em seguida, os números do meio saem, depois são novamente os doze últimos. Após duas rodadas, retorna-se aos doze primeiros, que saem apenas uma vez, e os números do meio saem três vezes em seguida. Isso continua desta forma durante uma hora e meia ou duas horas. Um, três e dois; um, três e dois. É muito curioso. Em certa tarde ou certa manhã, o negro alterna com o vermelho, quase sem ordem e a todo momento; cada cor sai não mais do que duas ou três vezes em seguida. No dia seguinte ou a noite, só sai o vermelho, por exemplo, até vinte e duas vezes em seguida e assim continua por algum tempo, às vezes um dia inteiro. Devo boa parte de minhas observações a Mr. Astley, que passa toda a manhã junto às mesas sem jamais apostar.

No meu caso, perdi tudo até o último vintém e em muito pouco tempo. Coloquei de início vinte fredericos sobre o par e ganhei. Repeti a aposta e ganhei novamente – e assim por duas ou três vezes. Creio que a soma que eu tinha em mãos subiu a quatrocentos fredericos em alguns minutos. Neste momento eu poderia ter saído, mas uma sensação estranha se manifestou em mim: um desejo de provocar o destino, de lhe dar um piparote, deixá-lo de língua de fora. Arrisquei o lance mais alto que era permitido, quatro mil florins e perdi. Em seguida, entusiasmado, apanhei tudo o que me restava e repeti a aposta anterior e perdi novamente. Atordoado, abandonei a mesa. Eu sequer compreendia o que havia se passado comigo e só comuniquei meu azar a Paulina Alexandrovna antes do jantar. Até este momento, fiquei caminhando sem rumo pelo parque.

Durante o jantar, eu estava de novo excitado como há três dias. O francês e a senhorita Blanche ainda jantavam conosco. Ocorre que a senhorita Blanche estivera naquela manhã no cassino e havia assistido a minhas proezas. Desta vez ela me dirigiu a palavra com um pouco mais de consideração. O francês foi mais franco e me perguntou se o dinheiro que havia perdido era meu. Creio que desconfia de Paulina. Numa palavra, há algo de escuso neste caso. Arranjei uma mentira e disse que o dinheiro era meu.

O general estava extremamente surpreso: onde eu arranjara uma tal soma? Expliquei que havia começado com dez fredericos e que, dobrando meus lances umas seis ou sete vezes, cheguei a reunir cerca de cinco ou seis mil florins, os quais perdi em dois lances.

Tudo isso, é claro, era verossímil. Ao dar esta explicação, olhei para Paulina, mas nada consegui apreender da expressão de seu rosto. Assim, ela me deixava prosseguir sem me repreender – concluí que era preciso mentir e que não deveria revelar que jogava por ela. Em todos os casos, disse a mim mesmo, ela me devia a explicação prometida naquela manhã.

Pensei que o general iria me fazer alguma observação, mas ele ficou em silêncio. No entanto, vi em seu rosto que estava agitado e inquieto. Talvez, pelas dificuldades nas quais se encontra, era para ele simplesmente penoso ouvir dizer que uma pilha de ouro tão respeitável havia passado, no espaço de um quarto de hora, pelas mãos de um imbecil tão imprudente quanto eu.

Suponho que, ontem a noite, ele teve uma altercação bastante viva com o francês. Falaram animadamente durante muito tempo, com as portas fechadas. O francês saiu furioso. Nesta manhã, bem cedo, tornou a encontrar o general... sem dúvidas para retomar a conversa de ontem.

Sabendo que eu havia perdido, o francês me observou, de uma maneira sarcástica e, com uma ponta de malignidade, que era preciso ser mais razoável. Não sei por que ele acrescentou que, embora os russos fossem com freqüência jogadores, eles eram, a seu ver, incapazes de jogar.

– A meu ver, a roleta foi inventada para os russos, repliquei, e como o francês deixou escapar um riso de mofa, lhe disse que a verdade estava certamente a meu lado, pois, dizendo que os russos eram jogadores, eu os censurava mais do que os louvava. Podia-se pois acreditar em mim.

– No que baseia a sua opinião?, perguntou o francês.

– No fato de que, ao longo da história, a faculdade de adquirir capitais ingressou no catecismo das virtudes e dos méritos do homem ocidental civilizado – talvez tenha mesmo se tornado o artigo principal. Enquanto isso, o russo não apenas é incapaz de adquirir capitais, mas os dissipa a torto e a direito, sem o menor sentido de conveniência. Seja como for, nós, os russos, também temos necessidade de dinheiro, acrescentei. Por conseqüência, somos ávidos por coisas tais como a roleta, onde podemos fazer fortuna subitamente em duas horas, sem trabalhar. Isso nos encanta. E como jogamos a torto e a direito, sem nos cansarmos, nós perdemos.

– Em parte é verdade, concordou o francês cheio de si.

– Não, é falso, e deveria sentir vergonha de falar assim de vosso país, observou o general num tom severo e sentencioso.

– Ainda não podemos dizer o que é mais abjeto, respondi, se a inconveniência dos Russos ou o sistema alemão que consiste em juntar dinheiro graças a um trabalho honesto.

– Que idéia indecente!, exclamou o general.

– Além de ser muito russa!, exclamou o francês.

Ri. Eu ardia de desejo de impressioná-los.

– Preferiria levar uma vida nômade numa tenda kirghize[14] do que adorar o ídolo alemão, exclamei.

– Que ídolo?, gritou o general, que começava agora a se irritar de verdade.

– A maneira alemã de acumular riquezas. Faz pouco tempo que estou aqui e, portanto, as observações que tive o tempo de fazer e de verificar revoltam minha natureza tártara. Palavra de honra, nada quero com tais virtudes. Ontem, fiz uma dezena de *verstas*[15] pelas redondezas. É exatamente como estes livrinhos alemães ilustrados de moral: aqui, cada casa tem seu *Vater*[16] horrivelmente virtuoso e extraordinariamente honesto. Tão honesto que temos medo de nos aproximarmos. Não suporto pessoas honestas das quais não podemos nos aproximar. Cada *Vater* tem uma família e, à tarde, todos lêem em voz alta livros edificantes. Acima da casinha murmuram os olmos e os castanheiros. Ao entardecer, uma cegonha sobre o telhado... Tudo isso é extremamente poético e tocante... Não se irrite, general, e lembre que meu falecido pai nos lia livros semelhantes, para minha mãe e para mim, à noite, sob as tílias de nosso jardinzinho. Posso julgar, portanto. Aqui, cada família está inteiramente

---

[14] Ou Quirquiz: relativo aos quirquizes, muçulmanos de língua turca que já no século VI viviam no vale do rio Ienissei e que no século X se instalaram no atual Quirquizistão, Ásia Central.

[15] Medida itinerária russa equivalente a 1.067 metros.

[16] Pai.

submissa ao *Vater*. Todos trabalham como bois e poupam como judeus. Acrescentemos que o pai já acumulou uma certa soma e espera transmitir a seu filho mais velho seu trabalho ou sua terra – não dará dote a sua filha, que não se casará. Venderão seu filho mais novo como trabalhador ou como soldado e juntarão o dinheiro ao patrimônio. É verdade, isso se faz aqui, sei disso. O que não tem outra fonte além da honestidade, uma honestidade levada ao extremo, se bem que o filho mais novo, que foi vendido, acredite ter sido vendido por honestidade. É o ideal, a própria vítima se alegra em ser levada ao sacrifício! E depois? Bem, o filho mais velho não tem uma vida mais feliz: ele tem lá uma Amalchen, a amada de seu coração, mas não pode desposá-la porque ainda não juntou-se uma quantidade suficiente de florins. Esperam também, e virtuosamente, sinceramente, e vão ao sacrifício com um sorriso. O rosto da Amalchen começa a afundar, ela resseca. Enfim, ao final de vinte anos, sua prosperidade foi alcançada, os florins foram entesourados honestamente e virtuosamente. O *Vater* abençoa seu primogênito quarentão e a Amalchen, que tem trinta e cinco anos, os peitos murchos, o nariz vermelho... Ele chora nesta ocasião, dá uma lição de moral e expira. O mais velho se transforma por sua vez em um *Vater* virtuoso e a história recomeça. Após cinqüenta ou sessenta anos, o filho do primeiro *Vater* reúne de fato um capital importante e o transmite a seu filho, este ao seu, e, após cinco ou seis gerações, aparece o barão de Rothschild em pessoa ou Hoppe & Cia.[17], ou que diabo seja. Não se trata de um espetáculo grandioso: um ou dois séculos de trabalho, a paciência, a inteligência, a honestidade, a energia, a firmeza, a previdência, a cegonha sobre o telhado! O que deseja mais? Nada de mais sublime: deste ponto de vista, começam a julgar todo mundo e a punir os culpados, quer dizer, os que diferem deles por mínimo que seja. Então, eis aí: prefiro mergulhar na devassidão à maneira russa ou fazer fortuna na roleta! Não quero ser Hoppe & Cia. ao término de cinco gerações! Preciso de dinheiro para mim mesmo e não me imagino uma função do capital. Sei que disse muitas tolices, mas tanto pior. São estas as minhas convicções.

– Ignoro se há uma grande parte de verdade no que diz, falou o general, pensativo, mas há uma coisa da qual estou certo. O senhor demonstra uma presunção insuportável se o deixamos em liberdade...

Segundo seu costume, não concluiu. Quando o nosso general aborda um assunto um pouco mais vasto do que os da conversação ordinária, nunca conclui suas frases. O francês escutava numa pose negligente de pouco caso, abrindo dois olhos enormes. Paulina fazia um ar de indiferença altiva. Parecia não haver entendido nada dos assuntos colocados à mesa naquela ocasião.

---

[17] Banco de Amsterdã.

Capítulo V

Ela estava mais sonhadora do que normalmente e, assim que saímos da mesa, pediu que a acompanhasse no passeio. Pegamos as crianças e fomos ao parque, na direção do chafariz.

Como eu estava especialmente agitado, lhe perguntei, de modo tolo e grosseiro, à queima-roupa, por que nosso marquês Des Grieux, o francesinho, não a acompanhava mais quando saía, ficando dias inteiros sem lhe dirigir a palavra.

– Por que se trata de um malcriado, me respondeu com uma voz estranha.

Nunca a vira falar desta forma de Des Grieux e me calei, temendo entender tal irritação.

– Notou que agora ele discorda do general?

– O senhor quer saber o que se passa, me disse num tom seco e exasperado. Sabe que ele emprestou dinheiro ao general em troca da hipoteca de todos os seus bens. Se a avó não morre, o francês tomará posse imediatamente de todos os seus penhores.

– Então é verdade que tudo está hipotecado? Ouvi falar nisso, mas não sabia se era verdade.

– Claro que sim!

– Então, adeus, senhorita Blanche!, observei. Ela não será mais a generala! Sabe, me parece que o general está de tal forma apaixonado que se suicidará caso a senhorita Blanche o abandone. Na sua idade, é perigoso enamorar-se tão violentamente.

– Também acredito que alguma coisa irá acontecer a ele, disse Paulina Alexandrovna com um ar sonhador.

– E como é admirável, exclamei. Não se poderia mostrar de modo mais brutal que ela aceitaria casar-se somente pelo dinheiro. Não se observou nem mesmo as conveniências, deixou-se de lado inteiramente as cerimônias. É maravilhoso! E quanto à avó, o que poderia ser mais cômico e mais rasteiro do que enviar telegramas e mais telegramas perguntando: "Está morta? Está bem morta?". Ora, o que pensa disso, Paulina Alexandrovna...?

– Tudo isso não passa de estupidez, disse ela com desagrado, me interrompendo. Por outro lado, me espanta que o senhor esteja de tão bom humor. O que o diverte? Ter perdido meu dinheiro, talvez?

– Por que me entregou para que o perdesse? Eu lhe disse que não podia jogar pelos outros – e ainda mais pela senhorita. Obedeci, já que me ordenou, mas o resultado não depende de mim. Eu a adverti que desta situação não resultaria nada de bom. Diga-me, ter perdido tanto dinheiro a afeta muito? De que lhe serviria?

– Por que estas perguntas?

– Prometeu me explicar... Escute: estou convencido que assim que eu começar a jogar por mim mesmo (e tenho doze fredericos), ganharei. Então, lhe darei tanto dinheiro quanto quiser.

Ela fez uma careta de desdém.

– Não se irrite comigo, retomei, se lhe faço esta oferta. Sei bem que, a seus olhos, não passo de um zero à esquerda, portanto, pode aceitar meu dinheiro. Não pode se ofender se lhe faço um presente. Além disso, perdi seu dinheiro.

Ela me dirigiu um olhar rápido e, observando que eu falava com irritação e um ar de sarcasmo, mudou ainda uma vez a conversa.

– Ou então por que era necessário ganhar, custasse o que custasse. Exatamente como um homem que se afoga e se agarra a uma palha. Convenha que, se ele não estava se afogando, não pegaria uma palha pensando ser um tronco.

Paulina parecia estarrecida.

– Não mantém, então, a mesma esperança? Há quinze dias o senhor mesmo me explicou longamente que estava certo de que ganharia na roleta e me pediu que não o olhasse como um louco. Estava brincando? Eu me lembro de que falava tão a sério que não se podia tomar o que dizia por brincadeira.

– É verdade, respondi pensativamente. Ainda estou convencido de que ganharei. Confesso que agora a senhorita faz com que eu me coloque uma questão: por que esta perda estúpida e escandalosa que sofri hoje não introduziu a dúvida em minha alma? Continuo certo de que ganharei infalivelmente, desde que jogue para mim mesmo.

– Por que está tão certo disso?

– Quer saber a verdade? Não sei. Sei apenas que é preciso ganhar, que esta é para mim a única saída. Talvez por isso eu tenha a impressão de que infalivelmente ganharei.

– Então, é preciso que ganhe custe o que custar, pois tem disso uma certeza fanática!

– Aposto que duvida que eu seja capaz de experimentar um desejo sério?

– Pouco me importa, respondeu Paulina num tom calmo e indiferente. Já que pergunta, *sim*, duvido que algo seja capaz de atormentá-lo profundamente. É capaz de se atormentar, mas não seriamente. É um homem desordenado e instável. Por que tem necessidade de dinheiro? Em meio a todas as razões que me deu dias atrás não encontrei nada de sério.

– A propósito, interrompi, me disse que precisa reembolsar uma dívida. Uma dívida considerável, imagino! Seria com o francês?

– Que quer dizer? Está muito cavalheiro hoje! Acaso bebeu?

– Sabe que me permito dizer tudo e colocar às vezes questões diretas. Repito, sou seu escravo. Um escravo não pode confundi-la, um escravo não pode ofendê-la.

– Que absurdos! Não suporto suas teorias a respeito da "escravidão".

– Note que não falo de minha escravidão, pois desejo ser vosso escravo. Falo disso como de um fato inteiramente independente de minha vontade.

– Diga-me com franqueza: por que precisa de dinheiro?

– E a senhorita, por que deseja sabê-lo?

– Como quiser, respondeu com um firme movimento de cabeça.

– Não aceita a teoria da escravidão, mas exige que seja vosso escravo: "Responda sem discutir!". Muito bem. Por que preciso de dinheiro, me pergunta. Que questão! O dinheiro... é tudo!

– Compreendo, mas não preciso cair em semelhante loucura ao desejá-lo! Pois está chegando ao delírio, até ao fatalismo. Há aí alguma coisa, uma meta precisa. Fale sem rodeios, lhe peço.

Dir-se-ia que ela começava a se exaltar. A mim me encantava que continuasse a me colocar questões neste tom enfurecido.

– Claro, tenho uma meta, eu lhe disse, mas não saberia lhe explicar qual. Ocorre que com dinheiro me tornaria outro homem, mesmo a seus olhos, e deixaria de ser um escravo.

– Como? Como chegou a esta idéia?

– Como? Não consegue nem mesmo imaginar que eu possa pretender que me olhe de outra forma que não um escravo! É justamente isso que não quero mais, não quero mais estes espantos e estas incompreensões.

– O senhor dizia que esta escravidão era sua delícia. Cheguei a acreditar também.

– Acreditava, exclamei como uma volúpia bizarra. Que bela ingenuidade! Sim, a escravidão a que me obriga é para mim uma delícia. Sente-se um deleite no mais baixo grau da degradação e da humilhação!, continuei a delirar. Quem sabe, talvez o encontremos também sob o suplício do chicote quando ele desce em suas costas e lacera sua carne... Mas eu quero talvez experimentar outras alegrias. Há pouco, à mesa, o general me censurou na frente de todos por setecentos rublos por ano que, quem sabe, nunca venha a receber. O marquês Des Grieux, erguendo as sobrancelhas, me encarou e fingiu ao mesmo tempo ignorar minha presença. E eu, por meu lado, talvez tenha um desejo apaixonado de pegar o marquês Des Grieux pelo nariz diante de você!

– Discurso de fedelho! Em qualquer situação é possível conduzir-se com dignidade. A luta eleva, não abaixa.

– Está usando chavões! Apenas supõe que não sei demonstrar dignidade. Que, sendo um homem digno, não sei me conduzir com dignidade. Compreende que pode ser desta maneira? Mas todos os russos são assim. Sabe por quê? Porque os russos são tão ricamente e tão diversamente dotados para descobrir uma forma que lhes convenha. Aqui, é a forma que importa. Nós, os russos, somos na maior parte tão ricamente dotados que precisamos de gênio para encontrarmos uma forma conveniente. É freqüente faltar-nos gênio, pois este é bastante raro de um modo geral. Nos franceses, e talvez também em outros europeus, a forma é tão bem determinada que podem aparentar extrema dignidade mesmo sendo o homem mais indigno que exista. Eis por que a forma tem tamanha importância para eles. Os franceses suportam sem pestanejar uma ofensa, uma ofensa profunda, verdadeira, mas não suportam um piparote no nariz pois trata-se de uma quebra das convenções admitidas e de forma tradicional. Se os franceses têm tanto sucesso com nossas garotas é porque eles têm uma bela forma. Quanto a mim, aliás, não vejo aí nenhuma forma, mas apenas um galo, o *coq gaulois*[18]. De resto, não posso compreender, não sou mulher. Talvez os galos levem alguma vantagem. Mas digo bobagens e você não faz com que me cale. Me interrompa com mais freqüência. Quando falo com você, tenho ganas de dizer tudo que tenho no coração, tudo, tudo. Perco a linha. Reconheço mesmo que não apenas não tenho forma, mas que sou despido de auto-estima. Neste momento, tudo está imobilizado em mim. Você tem razão. Não tenho mais nenhuma idéia na cabeça. Há muito não sei o que se passa no mundo, nem na Rússia, nem aqui. Veja, atravessei Dresden e esqueci como era esta cidade. Sabe muito bem o que me absorvia. Como não tenho qualquer esperança e sou um

[18] Galo gaulês. O galo é um símbolo da França.

zero a seus olhos, falo francamente: só vejo você por toda parte e o resto me é indiferente. Porque e como a amo, eu o ignoro. Sabe, talvez você não seja nada bela. Imagine! Não sei nem mesmo se é bela ou não, mesmo seu rosto. Seu coração é seguramente mau e seu espírito muito provavelmente despido de nobreza.

– Quem sabe seja por não acreditar em minha nobreza que pretende me comprar com dinheiro?

– Quando pretendi comprá-la?, gritei.

– Você se extraviou e perdeu o fio do que dizia. Senão a mim, é a minha consideração que espera comprar.

– Não se trata disso. Eu lhe digo que é difícil me expressar. Está me destruindo. Não se irrite com minha tagarelice. Compreende porque não deve se irritar comigo? Sou louco, só isso. Por outro lado, tanto faz, irrite-se, caso prefira. No meu quartinho, lá em cima, basta que me lembre ou imagine o roçar de suas roupas para ficar a ponto de morder os dedos. Por que se irrita comigo? Por que me declaro seu escravo? Aproveite, aproveite minha escravidão! Sabe que um dia vou matá-la? Não por ciúmes, nem por ter deixado de amá-la. Não. Vou matá-la simplesmente porque há dias em que tenho vontade de devorá-la. Você ri...

– Não estou rindo, disse ela num tom colérico. Ordeno que se cale.

Ela parou, sufocando a cólera. Deus é testemunha de que não sei se ela é bonita, mas adoro olhá-la quando se planta assim a minha frente – e só porque adoro provocar sua cólera. Talvez ela tenha percebido e, de propósito, se irrite. Foi o que lhe disse.

– Que infâmia!, exclamou com desprezo.

– Pouco importa, retomei. Saiba também que é perigoso passearmos juntos. Sou tomado com freqüência por um desejo irresistível de lhe bater, de desfigurá-la, de estrangulá-la. Acredita que não chegarei a tanto? Você me enfurece. Julga que eu temeria o escândalo? Ou sua fúria? Eu me lixo para a sua fúria! Eu a amo sem esperança e sei que depois disso a amarei mil vezes mais. Se eu a matar um dia, será preciso que me mate também. Bom, eu me mataria o mais tarde possível, para experimentar, sem você, este sofrimento intolerável! Saiba de uma coisa incrível: a cada dia eu a amo mais, e no entanto é quase impossível. E depois disso, não serei fatalista! Lembre-se: antes de ontem, no Schlangenberg, lhe disse em voz baixa, quando me provocou: "Diga uma palavra e eu salto neste precipício". Caso dissesse esta palavra, eu teria saltado. Acredita, não é?

– Que lengalenga estúpida!, exclamou.

– Pouco me importa se for estúpida ou não! exclamei. Sei que quando está comigo, sinto vontade de falar, de falar, de falar... e falo. Perco todo amor-próprio em sua presença e não ligo para isso!

– Por que eu o obrigaria a saltar do alto do Schlangenberg?, me disse secamente, num tom particularmente ofensivo. É perfeitamente inútil.

– Admirável!, exclamei. Emprega este admirável "inútil" expressamente para me acabrunhar. Tirei sua máscara! Inútil? Mas o prazer é sempre útil e o poder é um poder absoluto, sem limites, seja sobre uma mosca, é também uma espécie de gozo. O homem é um déspota por natureza: gosta de causar sofrimento. É a isso que você ama acima de tudo.

Lembro-me que ela me examinava com uma atenção particular. Meu rosto exprimia sem dúvidas todas as sensações absurdas e extravagantes que eu sentia. Recordo agora que nossa conversa foi quase exatamente nos termos que relato aqui. Meus olhos estavam injetados de sangue. Eu espumava. E, no que se refere ao Schlangenberg, dou minha palavra de honra, mesmo agora: se então ela houvesse me ordenado que eu deveria me jogar lá embaixo, eu o teria feito! Mesmo que ela o dissesse para se divertir, com desprezo, cuspindo em cima de mim, eu teria saltado assim mesmo!

– Não. Eu acredito em você, disse ela, mas naquele tom que só ela sabe empregar, com tanto desprezo e malícia, tanta arrogância que, por Deus, eu seria capaz de matá-la naquele instante. Ela corria este risco. E eu não menti ao lhe dizer isso.

– Você não é covarde?, ela me perguntou de repente.

– Não sei, talvez sim. Não sei... Há muito tempo que não me coloco este tipo de questão.

– Se eu lhe dissesse: "Mate este homem"... o mataria?

– Quem?

– Quem eu quisesse.

– O francês?

– Não faça perguntas, responda. Quem eu desejasse. Quero saber se falava a sério.

Ela aguardava uma resposta com tanta gravidade e impaciência que me pareceu estranho.

– Pode me dizer afinal o que se passa?, exclamei. Será que tem medo de mim? Sei muito bem de todas as complicações com as quais você se debate. É a enteada de um homem arruinado e louco, devastado por sua paixão por este demônio... Blanche. Depois há o francês, com sua secreta influência sobre você. Enfim, no momento, me apresenta... esta questão. Que eu saiba, ao menos. Senão, enlouqueço neste instante e me entrego a qualquer extravagância. Ou, quem sabe, tem vergonha de me honrar com sua franqueza? Não pode sentir vergonha diante de mim.

– Não estou falando de nada disso. Apresentei uma questão, espero uma resposta.

– Claro, explodi. Matarei quem me indicar, mas será que poderia... será que me ordenaria fazer algo assim?

– Não pensa que o pouparia, não é? Eu lhe daria uma ordem e eu mesma ficaria a salvo. Suportaria isso? Não, você não tem este perfil! Talvez matasse para cumprir minha ordem, mas a seguir viria me matar por ter ousado mandar que cometesse tal crime.

Senti-me aterrado com estas palavras. Certo, mesmo então tomara sua questão meio como brincadeira, meio como provocação. No entanto, ela falava com a maior seriedade. Estava estupefato por ela ter se expressado assim, que afirmasse um tal direito sobre mim, que se atribuísse um tal poder e dissesse abertamente: "Destrua-se, eu fico de lado!". Havia nestas palavras um tal cinismo, uma tal franqueza que, a meu ver, ela fora além das medidas. E como se comportaria comigo após tudo isso? Isso ultrapassava os limites da escravidão e da humilhação. Esta maneira de ver me colocava a sua altura. Por mais absurdo e incrível que tenha sido nosso encontro, meu coração desfalecia.

Súbito, ela explodiu numa gargalhada. Estávamos sentados num banco, diante das crianças que brincavam, em frente do local onde os veículos estacionavam para deixar as pessoas na aléia que leva ao cassino.

– Vê aquela baronesa gorda?, perguntou ela. É a baronesa Wurmerhelm. Está aqui há no máximo três dias. Observe seu marido. Este prussiano magro e desengonçado, com uma bengala na mão. Lembra-se como ele nos encarou anteontem? Aproxime-se da baronesa agora, tire seu chapéu e diga-lhe algo em francês.

– Por quê?

– Jurou que se jogaria do alto do Schlangenberg. Jurou que estava pronto para matar caso lhe desse uma ordem. Ao invés de todas estas mortes e tragédias, desejo apenas divertir-me um pouco. Obedeça sem questionar. Quero ver o barão atacando-o com a bengala.

– Está me provocando. Não acredita que eu seja capaz, não é?

– Sim, estou provocando. Vamos lá, quero ver!

– Está bem, eu vou, mas trata-se de um capricho estranho. Não era preciso que isso resultasse em aborrecimentos para o general e, por tabela, para você. Por Deus, não é comigo que me preocupo, mas com você... e com o general. Que bela idéia, insultar uma mulher!

– Bem, você não passa de um tagarela, pelo que vejo, me disse com desprezo. Há pouco seus olhos não estavam injetados de sangue? Quem sabe por ter bebido demais no jantar. Bem o sei que é absurdo e trivial e que o general ficará furioso. Quero apenas me divertir. Só isso. Não chegará a insultar uma mulher. Antes disso será espancado.

Levantei-me sem dizer uma palavra e fui executar minha missão. Evidentemente, era absurda e eu não consegui livrar-me dela, mas, enquanto me aproximava da baronesa, lembrei-me de que fora impulsionado pelo desejo de cometer uma travessura. Ademais, estava tão excitado quanto se estivesse bêbado.

Capítulo VI

Passaram-se dois dias. Que episódio tolo! Quantos gritos, quanta algazarra e comentários! E sou eu a causa de toda esta confusão, de toda esta desordem, de todas estas asneiras e destas vulgaridades! À parte isso, é de certa forma cômico, ao menos a meu ver. Nem posso entender o que se passa comigo: estarei num período de exaltação ou terei simplesmente perdido o rumo ou me entregado a incongruências na esperança de que me trancafiem? Por alguns instantes, me pareceu que estava perdendo a razão. Por outro lado, me parece que mal saí da infância, da escola, e que me entrego a grosseiras gaiatices típicas de um escolar.

A culpa é de Paulina, tudo é culpa dela! Talvez eu nem mesmo soubesse cometer gaiatices caso ela não estivesse lá. Quem sabe eu tenha feito tudo aquilo por desespero (ainda que seja estúpido raciocinar assim), e eu não compreendo, não, o que ela tem de bom. Ela é bela, ao menos me parece. E não sou o único que ela põe louco. Ela é alta, bem feita. Mas é demasiado esbelta. Tenho a impressão de que seria possível dar-lhe um nó ou dobrá-la em dois. O desenho de seu pé é longo e delgado... torturante. Torturante, eis a palavra. Tem reflexos ruivos nos cabelos. Verdadeiros olhos de gata – e como sabe enchê-los de orgulho e arrogância! Há cerca de quatro meses, assim que me coloquei a seus serviços, ela manteve, à noite, no salão, uma longa conversação com Des Grieux; estavam animados. E ela o olhava de um tal modo... quando, mais tarde, subi para me deitar imaginei que ela havia lhe dado uma bofetada, que acabara de lhe dar uma bofetada, plantando-se a sua frente e encarando-o... Foi nesta noite que me apaixonei por ela.

Vamos, porém, aos fatos.

Tomei um caminho que conduzia à aléia, parei no meio dela e aguardei o barão e a baronesa. A cinco passos de distância, retirei o chapéu e os cumprimentei.

Lembro de que a baronesa trajava um vestido cinza, de seda, extraordinariamente largo, ornado com folhos pregueados, com uma anágua de crinolina e uma cauda. Ela é pequena, muito forte, com uma papada volumosa e cava, que se confunde com suas bochechas. Tem rosto vermelho, pequenos olhos mordazes e atrevidos. Seu andar é cheio de condescendência. O barão é seco, de alta estatura. Seu olhar é enviesado, gretado por uma multidão de pequenas rugas. Como é hábito na Alemanha, usa óculos; tem quarenta e cinco anos. Suas pernas partem quase de seu peito: signo da raça.

Algo de caprino em sua expressão faz as vezes de um ar de profundidade.

Percebi tudo isso em poucos segundos.

De início, minha saudação e meu chapéu na mão mal despertaram sua atenção. O barão limitou-se a franzir ligeiramente as sobrancelhas. A baronesa caminhava em minha direção com um porte majestoso.

– *Madame la baronne*, pronunciei numa voz alta e inteligível, dando destaque a cada sílaba, *j'ai l'honneur d'être votre esclave.*[19]

Em seguida me inclinei, recoloquei meu chapéu e passei ao lado do barão, olhando-o com um sorriso afável.

Paulina havia ordenado que eu me descobrisse, mas os salamaleques e as molecagens eram iniciativa minha. Deus sabe o que me impulsionava. Parecia que eu despencava do alto de uma montanha.

– Hein?, gritou, ou melhor, ganiu o barão virando-se para mim com um espanto encolerizado.

Voltei e me plantei num espera respeitosa, continuando a olhá-lo com o mesmo sorriso. Estava visivelmente perplexo e franzia as sobrancelhas até o *nec plus ultra*.[20] Seu rosto escurecia cada vez mais. A baronesa também se plantou a meu lado

---

[19] Senhora baronesa, ...tenho a honra de ser vosso escravo.

[20] Expressão latina que indica que se chegou a um limite que não pode ser ultrapassado.

com um ar de espanto indignado. Os transeuntes começavam a nos observar. Alguns até paravam.

– Hein?, ganiu novamente o barão com uma voz duas vezes mais aguda e duas vezes mais encolerizada.

– *Ja wohl!*[21], fiz, arrastando minhas palavras e sempre encarando-o diretamente nos olhos.

– *Sind Sie rasend?*[22], gritou ele brandindo sua bengala e começando a tremer. Creio que minhas roupas o confundiam. Eu estava vestido de modo muito conveniente, até com certa elegância, como um homem que pertence à melhor sociedade.

– *Ja wo-o-ohl!*, gritei subitamente com todas as minhas forças, arrastando o *o*, como o fazem os berlinenses que empregam a cada instante este "*ja wohl*!" nas conversas, alongando mais ou menos a letra *o* conforme queiram exprimir esta ou aquela nuança de pensamento ou sentimento.

O barão e a baronesa viraram-se bruscamente e se afastaram quase correndo. Estavam com muito medo. Os transeuntes, uns começaram a falar, outros me olhavam com espanto. Aliás, não me lembro bem.

Fiz meia volta e retornei andando normalmente na direção de Paulina Alexandrovna. Mas eu estava a uns cem passos de seu banco quando a vi levantar-se e se dirigir ao hotel com as crianças.

---

[21] Sim.

[22] Você está enlouquecido?

Fui alcançá-la aos pés da escadaria.

– Realizei este... absurdo, lhe disse, quando cheguei ao mesmo patamar.

– Verdade? Agora, vire-se!, me disse ela. E, sem me dirigir sequer um olhar, subiu os degraus.

Andei pelo parque durante toda a noite. Atravessei o parque, depois a floresta e cheguei mesmo a um outro principado. Comi uma omelete e bebi vinho com os camponeses. Este momento bucólico me custou um táler e meio.

Retornei quando já eram onze horas da noite. Chamaram-me em seguida para falar com o general.

Nossos amigos ocupam no hotel dois apartamentos que dispõem de quatro peças. A primeira é o salão: um quarto grande, mobiliado com um piano de cauda, contíguo a um outro igualmente espaçoso, o gabinete do general. É lá que ele me esperava, de pé no meio da peça, numa pose extremamente majestosa. Des Grieux estava displicentemente estendido sobre um divã.

– Meu caro senhor, permite que eu lhe pergunte o que fez?, começou o general.

– Gostaria que o senhor fosse diretamente ao assunto, general, respondi. Deseja sem dúvidas falar de meu encontro de há pouco com um alemão?

– Com um alemão! Este alemão é o barão Wurmerhelm, um grande personagem! O senhor se mostrou grosseiro para com ele e para com a baronesa.

– De modo algum.

– O senhor os assustou, caro senhor, gritou o general.

– Em hipótese alguma. Em Berlim eu escutei a propósito de tudo este *ja wohl* que as pessoas colocam após cada palavra e que arrastam de um modo exasperante. Quando cruzei com ele na aléia, este *ja wohl*, não sei por qual razão, me veio bruscamente à memória e isso me irritou... Além disso, já por três vezes a baronesa, ao encontrar-me, passa reto como se eu fosse um verme que se pudesse esmagar. Convenha que posso também ter meu amor-próprio. Tirei meu chapéu e, polidamente (garanto que fui polido), lhe disse: "*Madame, j'ai l'honneur d'être votre esclave*". Foi quando o barão virou-se para mim, gritando: "*Hein?*" que tive vontade de gritar também: "*Ja wohl!*". E eu o disse duas vezes; na primeira de modo habitual e, na segunda vez, arrastando as palavras o mais possível. Eis tudo.

Confesso que eu estava encantado com esta explicação, no mais alto grau digna de um moleque de rua. Eu morria de desejo de enfeitar esta história do modo mais absurdo.

E quanto mais ia adiante, mais eu tomava gosto.

– O senhor parece estar debochando de mim, gritou o general.

Ele virou-se para o marquês e lhe explicou em francês que decididamente eu estava querendo criar um caso. Des Grieux sorriu com desprezo e sacudiu os ombros.

– Oh, não creia nisso, não é nada disso, gritei. Meu gesto foi desastrado, eu reconheço sinceramente. Pode-se dizer que foi absurdo, que foi uma molecagem indecente e estúpida, mas... não mais do que isso. E saiba, general, que sinto um grande arrependimento quanto a isso. Mas há nisso uma circunstância que, a meus olhos, quase me dispensa de qualquer arrependimento. Nestes últimos tempos, desde uns quinze dias, talvez três semanas, eu não me sinto bem. Estou doente, nervoso, irritável, extravagante e, em algumas ocasiões, perco inteiramente o controle sobre mim mesmo. É verdade, muitas vezes senti um desejo terrível de me dirigir bruscamente ao marquês Des Grieux e de... Mas, por outro lado, inútil acrescentar: ele talvez se ofendesse. Em uma palavra, são sintomas de uma doença. Não sei se a baronesa Wurmerhelm levará esta circunstância em consideração, quando eu lhe pedir desculpas (pois é esta minha intenção). Julgo que não, tanto mais que, pelo que sei, andam abusando desta circunstância no mundo jurídico neste últimos tempos: os advogados, nos processos criminais, justificam seus clientes pretendendo que estavam inconscientes no momento do crime e dizem que isso é uma doença. "Ele bateu, dizem, mas não se lembra de nada." E imagine, general, que a medicina faz coro... ela sustenta com todas as letras que existe uma doença deste tipo, uma loucura momentânea, durante a qual o homem não se lembra de nada ou lembra apenas pela metade. Mas o barão e a baronesa são pessoas da velha geração; além disso, são junkers[23] prussianos e pequenos fidalgos provincianos. Esta evolução da medicina legal lhes é sem dúvidas ainda desconhecida e, assim, não aceitarão minhas explicações. O que acha disso, general?

– Basta, senhor, disse bruscamente o general com uma indignação mal contida. Basta! Vou tentar, de uma vez por todas, colocar-me a salvo de suas traquinices. Não é necessário que peça desculpas ao barão e à baronesa. Qualquer contato com o senhor, mesmo que limitados às suas desculpas, lhes parecerá excessivamente humilhante. O barão, tão logo soube que o senhor fazia parte de minha casa, explicou-se comigo no cassino e, confesso, pouco faltou para que pedisse satisfações a mim. Compreenda a que ponto me constrange, a mim, prezado senhor? Fui forçado a apresentar desculpas ao barão e de lhe dar minha palavra de que a partir de hoje o senhor cessará de fazer parte de minha casa...

– Permita-me, permita-me, general. Foi ele que exigiu que eu não faça mais parte de sua... casa, segundo o senhor diz?

– Não, mas me senti obrigado a lhe oferecer esta reparação e, naturalmente, o barão se mostrou

---

[23] No século XIX, na Prússia, fidalgo proprietário de terras e membro do partido tradicionalista, que era conservador e nacionalista.

satisfeito. Vamos nos separar, caro senhor. Tem a receber quatro fredericos e três florins. Aqui está seu dinheiro e, aqui, o demonstrativo: o senhor pode verificar. Adeus. Doravante, somos estranhos. Não tive de sua parte senão preocupações e contrariedades. Vou chamar o gerente e lhe dizer que, a partir de amanhã, não sou mais responsável por suas despesas no hotel. Tenho a honra de estar a seu dispor.

Apanhei o dinheiro, o papel no qual o demonstrativo de minhas contas estava escrito a lápis, saudei o general e lhe disse muito seriamente:

– General, isso não pode terminar assim. Estou decepcionado pelo fato do senhor ter recebido um tratamento descortês por parte do barão, mas, me perdoe, é culpa sua. Por que se arvorou em responder em meu lugar perante o barão? O que significa a expressão "eu pertenço a sua casa"? Eu sou preceptor de seus filhos e nada mais. Não sou nem vosso filho nem estou sob vossa tutela e o senhor não tem por que responder pelos meus atos. Tenho minha própria personalidade jurídica. Tenho vinte e cinco anos, sou bacharel pela Universidade, sou nobre, sou perfeitamente estranho ao senhor. Só meu respeito infinito pelos vossos méritos me impede de pedir do senhor uma reparação por ter-se arrogado o direito de responder em meu lugar.

O general ficou de tal modo estupefato que seus braços penderam inertes; depois, bruscamente, virou-se para o francês e lhe explicou resumidamente que eu acabara quase de desafiá-lo para um duelo.

O francês deu uma gargalhada estridente.

– Mas eu não julgo que o barão esteja livre tampouco, retomei a sangue-frio, sem me deixar perturbar um mínimo pela hilariedade do senhor Des Grieux. Por ter consentido hoje em escutar as queixas do barão o senhor se imiscuiu de alguma forma neste caso. Tenho a honra de lhe informar, general, que no máximo até amanhã exigirei do barão, em meu próprio nome, uma explicação formal das razões que o levaram, tendo um assunto comigo, a me ignorar e a dirigir-se a um terceiro, como se eu fosse incapaz ou indigno para responder por meus atos.

O que eu previ, aconteceu. O general foi tomado pelo medo ao ouvir este novo absurdo.

– Como! Não é possível que o senhor tenha a intenção de dar seguimento a este maldito caso!, gritou. O senhor me coloca em maus lençóis. Ah, Senhor! Cuide-se, cuide-se bem, caro senhor, senão lhe dou minha palavra... existem aqui autoridades e eu... eu... numa palavra... em consideração a minha linhagem... e o barão também... numa palavra, mandaremos prendê-lo e faremos com que seja expulso pela polícia para impedir que faça um escândalo! Preste atenção ao que digo! Ainda que a cólera o sufocasse, sentia um medo terrível.

– General, respondi com uma calma exasperante, não se pode prender alguém por um escândalo antes que tal escândalo seja cometido. Ainda não me expliquei com o barão e o senhor ainda ignora totalmente sob que aspecto e sob que base tenho a intenção de abordar este caso. Desejo apenas dissipar a suposição, injuriosa para mim, que me encontro sob a tutela de uma pessoa que teria o direito de pressionar meu livre arbítrio. O senhor se alarma e se inquieta inutilmente.

– Em nome dos céus, em nome dos céus, Alexis Ivanovich, abandone este projeto absurdo!, balbuciou o general que, bruscamente, substituiu seus ares de grande senhor por um tom suplicante e chegou a pegar minhas mãos. Vejamos, imagina no que isso resultará? Em novas contrariedades! Reconheça que aqui eu devo agir de um modo particular, sobretudo agora!... Sobretudo agora! O senhor não conhece toda a situação! Eu me disponho a reintegrá-lo à minha casa tão logo partamos daqui. Hoje, é apenas formalmente, enfim, numa palavra... o senhor compreende as razões que me movem!, gritou desesperado. Alexis Ivanovich, Alexis Ivanovich!

Ao me retirar, roguei mais uma vez encarecidamente que não se inquietasse. E prometi que tudo correria bem.

No estrangeiro, os russos são muitas vezes exageradamente poltrões; têm um medo terrível do que irão dizer deles, como serão olhados, temem infringir as conveniências! Em uma palavra, diríamos que usam um espartilho, sobretudo aqueles que almejam ser importantes. Assumem que devem adotar uma atitude servil, nos hotéis, passeando, nas reuniões, viajando, uma forma preconcebida e estabelecida de uma vez por todas... Mas o general deixara escapar que certas circunstâncias o obrigavam "a agir de um modo particular". Eis por que sentira bruscamente medo e mudara de tom comigo. Anotei aquilo. Ele era bastante idiota para apelar amanhã às autoridades e cabia a mim agir com prudência.

Eu não tinha, aliás, nenhum desejo de contrariar o general; era Paulina que agora eu gostaria de irritar. Havia me tratado tão cruelmente e me enfiado numa enrascada tão absurda que eu desejava fazer com que ela mesma me rogasse para que eu parasse. Minhas infantilidades poderiam ao final comprometê-la também. Por outro lado, sensações, desejos novos nasciam em mim: se, por exemplo, eu me anulava diante dela, isso não significava de modo algum que eu fosse um banana mole em frente dos outros, e não cabia certamente ao barão me espancar. Eu queria zombar de toda aquela gente e sair dali com as honras de guerra. Iríamos ver. Nada a temer. Ela terá medo do escândalo e me chamará. E mesmo que ela não me chame, ela verá da mesma forma que não sou um banana mole.

Uma espantosa novidade: acabei de saber, pela governanta das crianças que encontrei na escada, que Maria Philippovna partiu sozinha hoje para Carlsbad, no trem noturno, para a casa de sua prima. O que isso quer dizer? A governanta disse que ela tinha esta intenção há muito tempo. Como ninguém soube? Por outro lado, eu era talvez o único que o ignorava. A governanta me deu a entender que Maria Philippovna teve um violento bate-boca com o general antes de ontem. Compreendo. É com certeza... a senhorita Blanche. Sim, algo de decisivo está em andamento.

Capítulo VII

Esta manhã chamei o gerente e lhe pedi que registrasse minhas despesas em separado. Meu quarto não era tão caro que me assustasse, obrigando-me a deixar o hotel imediatamente. Eu tinha dezesseis fredericos e lá... talvez lá estivesse a fortuna! Coisa estranha, ainda não ganhei nada, mas eu ajo, sinto, penso como se fosse um homem rico e não posso me ver de outro modo.

Projetava, apesar da hora matinal, ir em seguida ao encontro de Mr. Astley, no hotel da Inglaterra, próximo ao nosso, quando Des Grieux entrou subitamente em meu quarto. Isso nunca acontecera e, além disso, nesses últimos dias, eu havia tido com este senhor relações extremamente distantes e tensas. Ele não fazia apenas questão de não esconder seu desdém por mim, mas se esforçava por exibi-lo abertamente. E eu... eu tinha minhas razões para não gostar dele. Numa palavra, eu o odiava. Sua visita me espantou muito. Intui de imediato que alguma coisa de especial estava ocorrendo.

Foi muito amável e me cumprimentou pelo meu quarto. Vendo que eu estava com o chapéu na mão, surpreendeu-se que eu saísse tão cedo para passear. Quando lhe disse que ia procurar pelo Mr. Astley para tratar de negócios, ele refletiu um instante e seu rosto assumiu uma expressão preocupada.

Des Grieux era como todos os franceses, ou seja, afável e alegre quando precisava e quando lhe fosse útil – e insuportavelmente chato quando a necessidade de ser afável e alegre desapareciam. É raro o francês ser espontaneamente amável, poderíamos dizer que é amável por ordem, por cálculo. Se, por exemplo, ele vê necessário ser, ao contrário do habitual, fantasista, original, a fantasia mais absurda e artificial toma nele formas previamente aceitáveis e há muito incluídas na lista das banalidades. Em seu estado natural, o francês recai no positivismo o mais burguês, o mais mesquinho, o mais rasteiro. É, tudo somado, o ser mais aborrecido que existe no mundo. A meu ver, só os novatos e as jovens russas podem cair sob os encantos dos franceses. Todo homem de verdade percebe de imediato e sente logo aversão por esta repetição em série de formas fixadas das amabilidades de salão, da desenvoltura e da frivolidade.

– Vim procurá-lo a negócios, começou ele de uma forma descontraída embora polida. Não vou esconder que venho da parte do general, na qualidade de embaixador, ou melhor, de mediador. Como falo muito mal a língua russa, não entendi quase nada do que os senhores falaram ontem, mas o general me explicou tudo em detalhe e eu admito...

– Escute, senhor Des Grieux, o interrompi. No presente caso o senhor tem o papel de mediador? Eu sou evidentemente *un outchitel* e jamais pretendi a honra de ser um amigo íntimo desta casa nem mesmo pretendi relações particularmente estreitas. Além do mais, existem circunstâncias que ignoro. Mas, explique-me uma coisa: é possível que o senhor faça agora parte da família? Pois, enfim, investe nisso um tal interesse, se coloca em toda parte como mediador...

Minha questão o deixou agastado. Ela era demasiado transparente e ele não queria se trair.

– Estou ligado ao general, em parte pelos negócios, em parte por certas circunstâncias particulares, disse secamente. O general me enviou para lhe rogar que renuncie a suas intenções de ontem. Tudo que o senhor imaginou é, evidentemente, muito inteligente, mas ele me pede que faça com que compreenda que o senhor não chegará a lugar algum. Além do mais... o barão não o receberá e, enfim, ele dispõe em todos os casos dos meios de se poupar dos aborrecimentos ulteriores vindos de vossa parte. O senhor mesmo pode avaliar. Por qual razão obstinar-se, diga-me. O general promete reintegrá-lo tão logo as circunstâncias o permitam, e de manter até lá suas garantias, *vos appointements*.[24] É bastante vantajoso. Que lhe parece?

---

[24] Vossos vencimentos.

Repliquei, num tom bastante calmo, dizendo que ele se enganava ligeiramente, pois o barão não me expulsaria, ao contrário, me escutaria. Pedi que reconhecesse que viera para saber como eu iria de fato agir.

– Meu Deus, já que o general se interessa tanto por este caso, talvez seja bom que saiba o que o senhor pretende. É natural!

Comecei a explicar. Ele me escutava, refestelado em sua cadeira, a cabeça ligeiramente inclinada na minha direção, um vislumbre de ironia não-dissimulada nos olhos. Em suma, me tratava com muita soberba. Esforcei-me o melhor que pude para parecer que considerava aquele caso com o máximo de seriedade. Expliquei-lhe que o barão, queixando-se de mim junto ao general como se eu fosse um empregado doméstico, havia, em primeiro lugar, feito com que eu perdesse meu lugar e, em segundo lugar, me tratara como um indivíduo incapaz de responder por seus próprios atos, a quem não seria sequer necessário dirigir a palavra. Estava me sentindo justamente ofendido. Entretanto, levando em conta a diferença de idade, a situação social, etc., etc. ... (mal consegui, neste momento, segurar o riso), eu não queria arcar com nova leviandade, dito de outra forma, exigir francamente do barão, ou melhor, apenas lhe oferecer uma reparação. Seja como for, julgava-me perfeitamente no direito de lhe apresentar (sobretudo de apresentá-las à baronesa) minhas desculpas, ainda mais que realmente, nestes últimos tempos, eu andava sofrendo, deprimido, e, por assim dizer, com um humor extravagante, etc., etc. No entanto, o próprio barão, agindo desta forma tão injuriosa para mim e insistindo para que o general me despedisse, havia me colocado numa situação em que se tornara impossível para mim lhe apresentar minhas desculpas tanto quanto à baronesa pois ele, a baronesa e todo mundo pensariam sem qualquer dúvida que fui lhes oferecer desculpas por temor e para reaver meu emprego. Disso tudo resultava que eu me encontrava agora compelido a pedir ao barão para que ele me pedisse desculpas, nos termos mais moderados, dizendo, por exemplo, que não pretendeu de forma alguma me ofender. E, tão logo o barão acedesse a meu pedido, então, com as mãos livres, eu lhe apresentaria minhas desculpas mais sinceras e do fundo de meu coração. Em resumo, concluí, tudo que peço é que o barão me desate as mãos.

– Arre! que suscetibilidade e que refinamentos! E por que desculpar-se? Vamos lá, convenhamos, *monsieur... monsieur...* que o senhor tramou tudo isso com a finalidade de indispor o general... talvez mesmo tenha objetivos pessoais... *mon cher monsieur... pardon, j'ai oublié votre nom, monsieur Alexis, n'est-ce pas*?[25]

– Permita-me, *mon cher marquis*, o que o senhor tem a ver com este caso?

---

[25] Meu caro senhor... perdão, esqueci seu nome, senhor Alexis, não é?

– *Mais le général...*

– No que isso poderá afetar o general? Ele me disse ontem que era obrigado a se manter na corda bamba... e tinha um ar muito inquieto... mas eu não entendi...

– É aqui precisamente que se coloca uma circunstância particular, replicou Des Grieux num tom suplicante no qual se podia ver mais e mais o despeito. *Vous connaissez mademoiselle de Cominges?*[26]

– Quer dizer *mademoiselle Blanche*?

– Sim, sim, *mademoiselle Blanche de Cominges...* e *madame sa mère...* convenha que o general... numa palavra, o general está apaixonado e mesmo... mesmo... o casamento talvez venha a ser realizado aqui. Imagine, nesta ocasião, os escândalos, as histórias...

– Não vejo nem escândalos e nem histórias se relacionando a este casamento.

– Mas *le baron est si irascible, un caractère prussien, vous savez, enfin il fera une querelle d'Allemand.*[27]

– Será um problema meu, não seu, pois eu já não faço parte da casa. (Eu me esforçava em parecer o mais estúpido possível.) Mas, permita... está decidido, a senhorita Blanche casará com o general? O que ele espera, então? Quero dizer, por que

---

[26] Conhece a senhorita de Cominges?

[27] O barão é irascível, um caráter prussiano, o senhor sabe, ele fará uma disputa sem motivo.

se escondem, ao menos diante de nós, diante das pessoas da casa?

– Eu não posso lhe... aliás, ainda não está tudo... entretanto... o senhor sabe que eles aguardam notícias da Rússia. O general precisa colocar seus negócios em ordem...

– Ah, ah! *la baboulinka*!

Des Grieux lançou-me um olhar cheio de ódio.

– Numa palavra, me interrompeu ele, conto firmemente com sua delicadeza inata, com seu espírito, com vosso tato... o senhor fará isso certamente por esta família na qual foi um dia recebido como um parente, mimado, considerado...

– Desculpe-me, mas eu fui despedido! O senhor agora diz que foi apenas formalidade, para preservar as aparências, mas imagine se alguém lhe dissesse: "É claro, não quero puxar suas orelhas, mas permita-me que eu as puxe apenas para mantermos as aparências..." Não é a mesma coisa?

– Se é assim, se nenhum pedido pode lhe tocar, começou num tom arrogante, deixe-me assegurar-lhe que nós tomaremos nossas medidas. Existem autoridades aqui, nós vamos expulsá-lo hoje mesmo... *que diable! Um blanc-bec comme vous*[28] quer desafiar para um duelo um personagem tão importante quanto o barão! E julga que vamos deixá-lo tranqüilo! Esteja certo de que ninguém o teme aqui! Se lhe apresentei este pedido, foi so-

---

[28] Que diabo! Um fedelho como o senhor

bretudo por meu chefe, pois o senhor perturbou o general. Como pode crer que o barão não ordenará a um lacaio que o expulse?

– Acontece que não irei encontrá-lo pessoalmente, respondi, perfeitamente calmo. O senhor se engana, senhor Des Grieux, tudo isso se passará de uma forma muito mais decente do que imagina. Veja, vou de imediato procurar Mr. Astley e pedir-lhe para ser meu intermediário, numa palavra, ser meu *second*[29]. Este homem tem afeição por mim; é certo que não se recusará. Ele procurará pelo barão e o barão o receberá. Se eu sou um *outchitel* e se tenho a aparência de um *subalterne*[30], de um ser sem defesa, Mr. Astley se encontra no nível de um lorde, de um verdadeiro lorde, todo mundo o sabe, o lorde Peabroke, e este lorde está aqui. Esteja certo de que o barão será polido com Mr. Astley e que o escutará. E, caso não o escute, Mr. Astley tomará isso por uma ofensa pessoal (sabe o quanto os ingleses são obstinados) – ele enviará um de seus amigos ao barão, e ele tem bons amigos. Agora vê que o desfecho será talvez diferente do que imagina.

O francês ficou positivamente assustado. De fato, tudo aquilo estava muito próximo da verdade e eu parecia estar realmente na iminência de fazer um escândalo.

---

[29] Segundo: padrinho em um duelo.

[30] Subordinado.

– Peço-lhe, recomeçou, num tom suplicante, deixe tudo isso de lado! Parece que sentirá prazer em provocar um escândalo! Não é uma reparação que deseja, mas um escândalo! Eu lhe disse que tudo isso seria divertido, talvez astuto, e talvez consiga atingir este objetivo, mas... numa palavra, concluiu, vendo que eu me levantava e pegava meu chapéu, vim lhe entregar estas duas palavras de uma pessoa... leia... me pediram que esperasse a resposta.

Dito isso, tirou de seu bolso e me entregou um pequeno bilhete dobrado e lacrado.

A mão de Paulina o escrevera:

Parece que pretende dar continuidade a esta história. Está contrariado e começa a agir como um guri. Mas existem circunstâncias particulares, as quais eu lhe explicarei talvez um dia; por bondade, pare e seja razoável. Que coisa estúpida tudo isso! Você é indispensável para mim e prometeu me obedecer. Lembre-se de Schlangenberg. Peço-lhe para ser dócil e, se necessário, eu lhe ordeno.

Sua P.

P.S.: Se está irritado comigo pelo que aconteceu ontem, me perdoe.

Enquanto lia estas linhas, vi tudo dançando. Meus lábios empalideceram e comecei a tremer. O maldito francês afetava um ar discreto e desviava o olhar para não ver meu embaraço. Teria preferido que ele desse uma gargalhada na minha cara.

– Está bem, disse afinal. Diga à senhorita para ficar tranqüila. Permita-me antes que lhe pergunte, continuei bruscamente, por que esperou tanto antes de me dar este bilhete? Ao invés de dizer bobagens, deveria ter começado por aí, me parece... caso viesse precisamente para desempenhar sua tarefa...

– Oh, eu queria... Bem, tudo isso é tão estranho que de certo desculpará minha natural impaciência. Ignoro, em todos os casos, o que diz este bilhete e pensei que estava na hora de entregá-lo.

– Compreendo, ordenaram ao senhor só me entregar este bilhete em último caso e de não fazê-lo caso se saísse bem com suas próprias palavras. É isso? Responda francamente, senhor Des Grieux.

– *Peut-être*[31], disse, afetando uma extrema reserva e me olhando com um ar estranho.

Peguei meu chapéu. Ele fez um movimento de cabeça e saiu. Creio ter visto em seus lábios um sorriso zombeteiro. Como poderia ser de outra forma?

– Temos ainda contas a ajustar, galanteadorzinho, nós mediremos forças, ruminei ao descer as escalas. Eu ainda não conseguia clarear minhas idéias, me sentia como se houvesse recebido uma cacetada. O ar fresco me fez bem.

Dois minutos mais tarde, tão logo consegui refletir, duas idéias se apresentaram a mim com niti-

---

[31] Talvez.

dez. A primeira era que uma brincadeira pueril, algumas ameaças inverossímeis pronunciadas ontem por um garoto, havia suscitado um alarme universal! A segunda era: que influência terá sobre Paulina este francês? Uma palavra dele... e ela fez tudo de que ele precisava, escreve um bilhete, chega a me suplicar. Evidentemente, suas relações sempre foram para mim um enigma, desde o momento em que os conheci. No entanto, neste últimos dias, notei nela uma verdadeira repulsa, um real desprezo a seu respeito. Quanto a ele, nem mesmo a olhava e se mostrava simplesmente grosseiro para com ela. Não deixei de percebê-lo. A própria Paulina me confessou seu desgosto e deixou escapar insinuações bastante significativas... Portanto, ele a tem em suas mãos, ela está sob seu jugo...

Capítulo VIII

No "passeio", como se diz aqui, ou seja, na alameda dos castanheiros, encontrei meu inglês.

– Oh! oh!, começou ele ao me perceber, estou indo à sua casa e está vindo à minha! Então, deixou seus amigos?

– Diga-me, antes de mais nada, como está ao corrente de tudo isso?, perguntei, surpreso. Todo mundo o sabe, então?

– Oh, não, nem todo mundo, isso não vale a pena, ninguém fala a respeito.

– Então, como sabe?

– Eu o sei, ou melhor, tive a oportunidade de me informar. Para onde irá agora? Sinto-me seu amigo, motivo pelo qual estava indo à sua casa.

– É um homem valente, Mr.Astley, eu lhe disse (eu estava estupefato: como teria sabido?). E como não tomei ainda meu café e o senhor, sem dúvida, acaba de tomá-lo, vamos ao cassino. Fumaremos, e lhe contarei tudo... o senhor terá também alguma coisa a me contar.

O café ficava a cem passos. Instalamo-nos confortavelmente, nos serviram, eu acendi um cigarro. Mr. Astley não fumava e, com olhos fixos sobre mim, preparava-se para me escutar.

– Não vou a parte alguma, comecei, vou ficar aqui.

– Estava persuadido que iria retirar-se, disse Mr. Astley num tom aprovador.

Chegando à casa de Mr. Astley, eu não tinha nenhuma intenção de lhe falar de meu amor por Paulina. Desejava até mesmo evitar este assunto. Nestes últimos dias, eu não havia dado um pio a seu respeito. Além do mais, ele era muito tímido. Eu havia de imediato notado que Paulina lhe causava uma forte impressão, mas ele jamais pronunciava seu nome. Coisa estranha, tão logo ele se sentou, fixando sobre mim seu olhar morno e insistente, me veio, Deus sabe a razão, o desejo de lhe contar tudo, quer dizer, sobre meu amor e todas as suas nuanças. Falei durante uma meia hora sem parar e isso me fez um bem extraordinário: era a primeira vez que eu me abria a este respeito com alguém. Percebendo que ele se perturbava nas passagens particularmente quentes, aumentei intencionalmente o ardor de meu relato. De uma coisa me arrependo: falei demais do francês...

Mr. Astley me escutava, sentado a minha frente, imóvel, sem proferir uma palavra ou um som, mas, quando fiz alusão ao francês, ele me interrompeu bruscamente e me perguntou, num tom severo, se eu tinha o direito de mencionar esta circunstância acessória. Mr. Astley tem sempre uma maneira muito estranha de colocar questões.

– O senhor tem razão. Temo que não, respondi.

– Sobre esta marquês e *miss* Paulina, o senhor nada pode dizer de objetivo, livre de simples suposições?

– Não, nada de objetivo, está certo, respondi.

– Se é assim, está errado não apenas de me falar disso, mas até de pensar tais coisas.

– Bem, bem, considerei, não se trata disso no momento, o interrompi, surpreso comigo mesmo. Contei-lhe a história do dia anterior em todos os detalhes, a afronta de Paulina, minha aventura com o barão, minha demissão, o comportamento de poltrão do general e, enfim, lhe contei minuciosamente a visita de Des Grieux. Finalmente, lhe mostrei o bilhete. O que deduz disso tudo?, perguntei. Vim até aqui justamente para lhe pedir sua opinião. No que me concerne, eu mataria com prazer este galanzinho francês e talvez até o faça.

– Eu também, disse Mr. Astley. Quanto à *miss* Paulina... sabe que nos relacionamos mesmo com pessoas que execramos, caso a necessidade a isso nos conduza. Pode ser que aí existam implicações que ignora, dependendo de circunstâncias secundárias. Creio que pode se tranqüilizar... em parte, bem entendido. Quanto a seu gesto de ontem, ele é evidentemente estranho, não porque tenha querido livrar-se do senhor empurrando-o na direção da bengala do barão (não compreendo aliás por que ele não a usou, já que estava à sua mão), mas porque um despropósito deste tipo é indecente para... para uma moça tão notável. Evidentemente, ela não poderia supor que o senhor executaria ao pé da letra este desejo malicioso...

– Sabe?, gritei subitamente, olhando Mr. Astley com atenção, creio que o senhor já ouviu falar de tudo isso. Soube através de quem?... da própria *miss* Paulina!

Mr. Astley me olhou com espanto.

– Seus olhos brilham e neles eu leio a suspeita, disse ele reencontrando de imediato sua calma. Não tem o menor direito de levantar tais suspeitas. Não posso lhe reconhecer este direito e me recuso formalmente a responder sua pergunta.

– Bem, deixemos para lá! Além disso, é inútil!, exclamei, singularmente agitado e sem compreender aquilo que me viera à mente. E quando, onde, como Mr. Astley teria sido escolhido por Paulina como confidente? Nestes últimos tempos, aliás, eu havia perdido Mr. Astley de vista. Quanto a Paulina, sempre fora para mim um enigma, a tal ponto que agora, por exemplo, decidido a contar a Mr. Astley toda a história de meu amor, eu estava surpreso, no momento de iniciar meu relato, por não poder dizer quase nada de objetivo e de positivo sobre minhas relações com ela. Ao contrário, tudo era fantástico, estranho, inconsistente e não fazia qualquer sentido.

– Está bem, está bem. Eu perdi o fio e há ainda muitas coisas sobre as quais não me sinto ainda em condições de refletir, respondi, quase ofegante. Além disso, o senhor é um homem valente. Passemos agora a um outro assunto: quero pedir-lhe não um conselho, mas sua opinião.

Calei-me por um instante e reiniciei:

– A seu ver, por que o general sentiu tamanho medo? Por que fizeram um dramalhão de minhas ridículas infantilidades? A ponto do próprio Des Grieux julgar indispensável interferir – (e ele não interfere a não ser nas situações as mais graves. Ele veio me ver, me rogou, suplicou, ele, Des Grieux! Enfim, note bem, chegou um pouco antes das nove horas e o bilhete de *miss* Paulina já estava em suas mãos. Quando terá sido escrito? Podemos nos perguntar. Quem sabe acordaram *miss* Paulina às pressas? Além do que, concluo que *miss* Paulina é sua escrava (pois ela pede perdão – a mim!), ademais, o que ela tem a ver com tudo isso, ela pessoalmente? Por que tem nisso tamanho interesse? Por que sentem tanto medo do primeiro barão que aparece? E o que isso poderá influenciar num casamento do general com a senhorita Blanche de Cominges? Eles dizem que é preciso se portar de maneira particular em razão desta circunstância, mas é demasiado particular, convenhamos! O que pensa disso? Vejo em seus olhos que a respeito disso o senhor também sabe mais do que eu.

Mr. Astley sorriu e sacudiu a cabeça.

– Sim, eu creio realmente que, também sobre este assunto, sei mais do que o senhor, me disse ele. Todo o caso diz respeito a senhorita Blanche e estou convencido de que esta é a verdade absoluta.

– O que veio fazer aqui a senhorita Blanche?, exclamei, já impaciente (de repente esperei descobrir alguma coisa sobre a senhorita Paulina).

– Creio que a senhorita Blanche tem neste momento um interesse particular em evitar de toda maneira um encontro com o barão e a baronesa. Com certeza seria um encontro desagradável ou pior, escandaloso.

– Não é possível!

– A senhorita Blanche já estava aqui em Roulettenburg, há dois anos, durante a estação. Eu também estava. Ela não se chamava então *mademoiselle de Cominges* e sua mãe, *madame veuve Cominges*, não existia naquela época. Ao menos não se tocava nela. Des Grieux não estava lá igualmente. Tenho a convicção íntima de que eles não apenas não são parentes, mas não se conhecem senão há pouco tempo. Des Grieux tornou-se marquês há pouco tempo, uma circunstância me permite esta certeza. Podemos mesmo supor que faz pouco tempo que se chama Des Grieux. Eu conheço alguém que o conheceu com outro nome.

– No entanto, ele possui realmente um círculo de relações sólidas.

– É possível. A própria senhorita Blanche pode ter relações. Mas, há dois anos, a senhorita

Blanche, em decorrência da queixa deste mesmo barão, foi convidada pela polícia a deixar a cidade, o que ela fez.

– Como?

– Ela surgiu aqui em companhia de um italiano, um príncipe com nome histórico, *Barberini* ou algo parecido, um homem coberto de jóias e de diamantes autênticos. Eles passeavam numa maravilhosa carruagem. A senhorita Blanche jogava no *trente et quarante*. Ganhou no início, depois a sorte mudou, tanto quanto lembro. Lembro-me que uma noite ela perdeu uma soma fabulosa. Mas o pior foi que numa bela manhã seu príncipe desapareceu não se sabe para onde. Os cavalos, a carruagem, tudo desapareceu. Ela devia quantias vultuosas ao hotel. A senhorita Zelma (de Barberini se transformara bruscamente em senhorita Zelma) estava no limite do desespero. Ela soluçava e gritava por todo o hotel e, na sua fúria, rasgava suas vestes. Estava no hotel nesta ocasião um conde polonês (todos os poloneses em viagem são condes) e a senhorita Zelma, rasgando suas roupas e arranhando seu rosto como uma gata, com suas belas mãos brancas e perfumadas, lhe causou certo impacto. Tiveram uma conversa e, no jantar, já estava consolada. À noite, surgiu no cassino em seus braços. A senhorita Zelma ria alto, segundo era seu hábito, e mostrava-se um pouco mais à vontade em seu comportamento. Enfileirou-se de imediato entre aquelas mulheres habituadas à roleta que, abrindo caminho para a mesa, deslocam um jogador com um golpe de ombros para conseguir um lugar. É uma habilidade característica das damas daqui. O senhor o notou certamente.

– Oh, sim!

– Nem vale a pena dar importância a isso. A despeito do público, como deve ser, nós os suportamos aqui, ao menos aquelas que trocam a cada dia bilhetes de mil francos. Mas, tão logo cessam de trocar os bilhetes de mil francos, rogamos que se mandem. A senhorita Zelma continuava a trocá-los, mas foi ainda mais infeliz nos jogos. Observe que muito freqüentemente tais damas têm sorte no jogo; têm um extraordinário domínio de si mesmas. Aliás, minha história terminou. Um dia, o conde desapareceu, tanto quanto o príncipe. A senhorita Zelma veio jogar sozinha à noite; desta vez, ninguém se ofereceu para lhe dar o braço. Em dois dias perdeu tudo que possuía. Assim que arriscou e perdeu seu último luís de ouro, ela olhou em volta e descobriu a seu lado o barão de Wurmerhelm que a observava atentamente com um ar de profunda indignação. Mas a senhorita Zelma não percebeu a indignação e, dirigindo-se ao barão com um sorriso que não deixava dúvidas, lhe pediu que colocasse para ela dois luíses sobre o vermelho. Após o que, a uma reclamação da baronesa, ela foi convidada a não aparecer mais no cassino. Se o senhor está espantado que eu conheça todos estes detalhes mesquinhos e perfeitamente inconvenientes, saiba que os obtive junto a Mr. Fieder, um parente meu que, naquela mesma noite, conduziu a senhorita Zelma a Spa em sua caleça. Compreenda então: a senhorita Blanche quer ser a generala, sem dúvida para não receber, no futuro, convites deste tipo. Ela não joga mais, mas porque ela tem agora, segundo todos os indicativos, um capital que ela empresta aos jogadores daqui a juros. É muito mais prudente. Creio inclusive que o infeliz general está na lista de seus devedores. Talvez Des Grieux lhe deva algum dinheiro. A menos que seja seu sócio. Convenhamos que ao menos até o casamento ela não deseja chamar a atenção do barão e da baronesa. Numa palavra, é um escândalo que pode lhe fazer muito mal na situação em que ela se encontra. O senhor é ligado à casa e seus atos podem provocar um escândalo, ainda mais que ela aparece todo dia nos braços do general ou de *miss* Paulina. Agora compreendeu?

– Não, não entendi!, gritei, golpeando tão violentamente sobre a mesa que o garçom acorreu assustado.

– Diga-me, Mr. Astley, retomei, num arrebatamento de fúria, se o senhor conhecia já toda esta história e sabia portanto perfeitamente quem era a senhorita Blanche de Cominges, como se justifica que não tenha nos colocado de sobreaviso, a mim, ao general e, sobretudo, sobretudo *miss* Paulina que vem aqui ao cassino, em público, pelo braço da senhorita Blanche? É possível isso?

– Eu não podia tê-los colocado em alerta porque os senhores não poderiam fazer nada, respondeu tranqüilamente Mr. Astley. Além disso, colocá-los em alerta contra o quê? O general sabe de certo muito mais do que eu sobre a senhorita Blanche e isso não o impede de passear com ela e com *miss* Paulina. O general é um homem azarado. Ontem vi a senhorita Blanche cavalgar um animal magnífico em companhia do senhor Des Grieux e deste principezinho russo – e o general os seguia montado num alazão. Pela manhã, ele se queixara de sentir dores nas pernas e, no entanto, ele se mantinha firme na sela. Neste exato momento, veio-me bruscamente à mente que se tratava de um caso perdido. De resto, nada disso me diz respeito e foi há pouco tempo que tive o prazer de conhecer *miss* Paulina. Ademais, retomou subitamente Mr. Astley, já lhe disse que não posso lhe reconhecer o direito de me colocar certas questões, ainda que tenha pelo senhor uma amizade sincera...

– Já é o bastante, disse, levantando-me. Agora vejo claramente que também *miss* Paulina sabe como proceder com a senhorita Blanche, mas não consegue se separar de seu francês e é por isso que aceita passear com ela. Saiba que nenhuma outra influência a forçaria a passear com a senhorita Blanche e a me suplicar num bilhete para que não tocasse no barão. É precisamente aí que intervém esta influência diante da qual tudo se inclina! E portanto, foi justo ela que me jogou contra o barão! Diacho, não se pode entender nada disso!

– O senhor esquece, primeiro, que esta senhorita Cominges é a noiva do general e, segundo, que *miss* Paulina, enteada do general, tem um irmão e uma irmã mais jovens, filhos do general, completamente abandonados por este insensível e sem dúvida arruinados.

– Sim, sim, é exato. Separar-se de seus filhos equivale a abandoná-los completamente. Ficar, é defender seus interesses e talvez salvar alguma parcela de sua fortuna. Sim, sim, tudo isso é verdade! No entanto... agora compreendo por que no momento todos se interessam tanto pela vovó!

– Por quê?, perguntou Mr. Astley.

– Aquela velha bruxa de Moscou que não se decide morrer. Eles aguardam o telegrama que anunciaria seu falecimento.

– Certo, todo o interesse está concentrado nela. Tudo depende da herança. Aberta a sucessão, o general se casa; *miss* Paulina também terá as mãos livres. E Des Grieux...

– O que tem com Des Grieux?

– Des Grieux será reembolsado. É por isso que ele espera.

– Acredita que é só isso que ele espera?

– Não sei mais do que isso, disse Mr. Astley, que se fechou num silêncio obstinado.

– E eu, eu sei! Eu sei!, repeti furibundo. Eles esperam também a herança, porque Paulina receberá um dote e, tão logo ela o receba, ele se lançará em seu pescoço. Todas as mulheres são iguais! As mais orgulhosas se tornam as escravas mais vis! Paulina não pode amar a não ser com paixão, eis tudo! Esta é minha opinião! Olhe-a, sobretudo quando ela está sentada, só e pensativa: parece predestinada, condenada, maldita, destinada a todos os horrores da vida e da paixão!... Ela... ela...mas, quem me chama?, exclamei de súbito. Quem grita? Escutei alguém gritar em russo: "Alexis Ivanovitch!". É uma voz de mulher. Escute, escute!

Neste momento, nos aproximamos de nosso hotel. Havíamos deixado o café há um bom tempo e quase sem o perceber.

– Escutei uma mulher gritar, mas não sei a quem ela chamava. Ela falava em russo. Agora, vejo de onde vem este grito, disse Mr. Astley estendendo a mão: é aquela mulher, sentada numa grande poltrona e que aqueles criados acabam de transportar ao terraço. Carregam malas atrás dela. É portanto o trem que acaba de chegar.

– Mas por que ela me chama? Ela volta a gritar: veja, está acenando para nós.

– Estou vendo, disse Mr. Astley.

– Alexis Ivanovitch! Alexis Ivanovitch! Oh, meu Deus, que imbecil!

Estas exclamações, pronunciadas com uma voz aguda, nos chegavam do terraço do hotel. Corremos quase até a escadaria. Alcancei o patamar... meus braços caíram com estupor e meus pés grudaram ao solo.

Capítulo IX

No patamar superior da grande escadaria para onde havia sido transportada numa cadeira, rodeada por criados, servos e da incontável criadagem obsequiosa do hotel, na presença do próprio *maître*, vindo ao encontro desta visitante que desembarcara de uma maneira tão ruidosa, acompanhada de pessoas, de uma multidão de valises e de cofres, carregada num trono... a avó! Sim, era a própria, a terrível e rica Antonina Vassilievna Tarassevitch, com a idade de setenta e cinco anos, proprietária e grande dama de Moscou, *la baboulinka*, objeto daquela ida e vinda de telegramas, morrendo e no entanto viva, e que, bruscamente, surgia entre nós, em pessoa, sem mais nem menos. Incapaz de mover as pernas, era carregada numa cadeira, como acontecia há cinco anos, mas se mostrava, como de hábito, alerta, agressiva, satisfeita consigno mesma, se mantinha reta, falava alto e gritava com um tom de comando, governava todo mundo. Em resumo, em tudo igual àquela que tive a honra de ver por duas vezes, quando ingressei como preceptor na casa do general. Era natural que, diante dela, eu ficasse petrificado de surpresa. Ela havia me reconhecido a cem passos de distância com seus olhos de lince, quando era colocada na cadeira. Reconhecera-me e me chamara pelo meu nome e meu sobrenome, que gravara, como de hábito, após tê-los ouvido uma só vez. "Mas é uma mulher destas que eles esperavam ver na sepultura e cuja herança já dividiam?, me passou pela cabeça; mas é ela que nos enterrará a todos, inclusive o pessoal do hotel! Meu Deus, o que acontecerá com eles, o que fará agora o general?! Ela vai colocar a casa de cabeça para baixo!"

– Bem, meu caro, por que fica plantado aí, esbugalhando os olhos?, continuava a gritar para mim a avó. Não sabes cumprimentar, dizer bom-dia, não? É demasiado orgulhoso para isso, talvez? Ou não me reconheces? Compreende, Potapytch, disse ela virando-se na direção de um velhinho com cabelos brancos, com roupas e gravata branca, calva rosa, seu mordomo, que a acompanhava em viagem, compreendes, ele não nos reconhece! Eles já haviam me enterrado! Enviavam telegrama sobre telegrama: "Ela morreu, não morreu?". Pois eu sei tudo, ainda tenho sangue nas veias!

– Por favor, Antonina Vassilievna, por que eu lhe desejaria mal?, respondi alegremente, tão logo recuperei meu espírito... Eu estava apenas surpreso... Como não se espantar: é tão inesperado...

– Que há nisso de espantoso? Subi num vagão e parti. Neles se fica muito à vontade, não tem solavancos. Tu foste passear?

– Sim, dei uma volta no cassino.

– Estamos bem aqui, disse a avó olhando em volta. Está quente e as árvores são magníficas. É isso que eu adoro! Nosso pessoal está em casa? O general?

– Está, sim, estão todos neste momento.

– Ah, aqui também, eles impõem a moda. Eles dão o tom. Têm um carro, pelo que me disseram, *les seigneurs russes!*[32] Após dilapidarem sua fortuna, fugiram para o estrangeiro! Prascovia[33] está com eles?

– Sim, Paulina Alexandrovna também está aqui.

– E o francesinho? Deixe, eu mesma os encontrarei. Alexis Ivanovitch, leve-me ao general. E tu, está bem aqui?

– Vou indo, Antonina Vassilievna.

– Tu, Potapytch, diga a este garçom paspalho que me dê um apartamento confortável, agradável antes de mais nada, e que para lá carreguem imediatamente as bagagens. Mas por que todos se precipitam para me levar? Por qual razão se dedicam desta maneira? Que servilidade! Quem está com você?, perguntou, virando-se para mim.

– Mr. Astley, respondi.

---

[32] ...os senhores russos!

[33] Costuma-se atribuir com freqüência a crianças russas que receberam educação francesa e inglesa, nomes franceses ou ingleses próximos de seu nome. Neste caso, Prascovia tornou-se Paulina.

– Que Mr. Astley?

– Um viajante, um grande amigo meu. Ele também conhece o general.

– Um inglês. É por isso que ele me olha fixamente, sem descerrar os dentes. Aliás, amo os ingleses. Bom, levem-me para cima, levem-me imediatamente a seu apartamento. Onde eles estão instalados?

Ergueram a vovó. Adiantei-me e subi a grande escadaria do hotel. Nosso cortejo era uma sensação. Todos que nos encontravam, paravam a nos observar com olhos arregalados. Nosso hotel passa pelo mais belo, mais caro e mais aristocrático da cidade. Nas escadas e nos corredores, cruzamos com belas senhoras e ingleses majestosos. Alguns foram se informar junto ao *maître* do hotel, o qual, por sua vez, ficou muito impressionado. Respondia naturalmente, a todos que lhe indagavam, que se tratava de uma estrangeira de alto gabarito, *uma russa, uma condessa, uma grande senhora*, e que ela ocupara o apartamento que fora utilizado oito dias atrás *pela grande-duquesa de N*... Os ares imperiais e dominadores da vovó entronizada em sua cadeira chamavam a atenção. Cada vez que cruzávamos com alguém, ela o examinava de imediato com seu olhar escrutador e colocava, em voz alta, questões sobre todo mundo. A vovó tinha um temperamento robusto e, ainda que não saísse jamais de sua cadeira, percebia-se, ao olhá-la, que era de grande estatura. Ela se mantinha ereta como um *i* sem se apoiar em sua cadeira. Mantinha erguida sua grande cabeça com cabelos brancos, com traços grossos e marcados. Olhava com um ar altivo e até provocador; percebia-se que seu olhar e seus gestos eram inteiramente naturais. Apesar de seus setenta e cinco anos, seu rosto era bastante jovial e seus dentes não estavam muito estragados. Usava uma veste de seda negra e um gorro branco.

– Ela me interessa muito, murmurou Mr. Astley, subindo as escadas a meu lado.

"Ela está sabendo dos telegramas, pensei, ela conhece Des Grieux, mas parece ignorar a existência da senhorita Blanche." Comentei isso com Mr. Astley.

Confesso, envergonhado, que tão logo o meu susto inicial passou, senti-me extremamente alegre pelo golpe que iríamos aplicar dentro de instantes no general. Isso tinha sobre mim o efeito de um estimulante e eu segui em frente, todo feliz.

O nosso grupo estava instalado no terceiro andar. Sem aviso e sem mesmo bater, abri a porta de dois batentes e a vovó fez uma entrada triunfal. Eles estavam todos, como a pedido, reunidos no gabinete do general. Era meio-dia e planejavam, ao que parecia, uma excursão em conjunto, quem iria em caleça e quem iria a cavalo; e com eles estavam alguns convidados. Além do general, de Paulina, das crianças e sua governanta, estavam no gabinete: Des Grieux, a senhorita Blanche, trajada como amazona, sua mãe, a viúva Cominges, o principezinho e um sábio alemão que eu já vira uma ocasião junto com eles.

Empurramos a cadeira da vovó para o meio do gabinete, a três passos do general. Grande Deus, jamais esquecerei este impacto! Quando entramos, o general contava alguma coisa e Des Grieux o secundava. É preciso observar que a senhorita Blanche e Des Grieux há dois ou três dias estavam muito dedicados ao principezinho, *à la barbe du pauvre général*[34], e a companhia havia assumido um tom talvez artificial, mas divertida, cordial e íntima. Diante da visão da vovó, o general deixou cair o queixo e parou no meio de uma frase. Ela a fixava, os olhos arregalados, como se estivesse fascinado pela visão de um monstro pré-histórico. A vovó o contemplava sem dizer palavra, imóvel, mas com um olhar triunfante, provocador e zombeteiro! Observaram-se assim por uma dezena de segundos em meio a um silêncio geral. Des Grieux ficou de início estupefato, mas a seguir uma inquietação extrema surgiu em seu rosto. A senhorita Blanche arqueou as sobrancelhas, a boca entreaberta, encarando a vovó com um ar estúpido. O príncipe e o sábio contemplavam este quadro muito intrigados. No olhar de Paulina juntavam-se um espanto e uma perplexidade extremas, depois ela tornou-se branca como linho; após alguns instan-

---

[34] ...nas barbas do pobre general...

tes, o sangue fluiu em seu rosto e enrubesceu suas faces. Sim, era uma catástrofe para todo mundo! Eu me limitava a saltar meus olhares da vovó aos presentes e, destes, à vovó. Mr. Astley, a sua maneira, mantinha-se à parte, digno e calmo.

– Bem, eis-me aqui! Venho no lugar do telegrama!, divertiu-se a vovó, rompendo o silêncio. Não esperavam por mim, não é mesmo?

– Antonina Vassilievna... minha querida tia... por qual acaso..., grunhiu o infeliz general. Se a vovó guardasse o silêncio mais uns segundos, ele talvez tivesse um ataque.

– Como, qual acaso? Subi num vagão e vim! Para que servem as estradas de ferro? Pensavam que por acaso eu iria sair de casa, os pés juntos, e lhes deixar uma herança? Pois eu sei que tu enviaste telegramas. Isso deve ter custado caro para ti. Daqui, o preço não é barato. Mas, tomei minha coragem pelas mãos e eis-me aqui. Aqui temos o francês? Senhor Des Grieux, acredito.

– *Oui, madame*, retrucou Des Grieux, *et croyez que je suis si enchanté... votre santé...c'est un miracle... vous voir ici... una surprise charmante...*[35]

– *Charmante,* é! Eu te conheço, farsante, e não creio em ti nem este pouquinho (ela lhe mostrou seu dedo mindinho). Quem é esta pessoa?, retomou ela, indicando a senhorita Blanche. A fran-

---

[35] Sim, senhora, (...), e creia que eu estou tão encantado... sua saúde... é um milagre... vê-la aqui... uma surpresa encantadora...

cesa com aparência espalhafatosa, vestida de amazona, uma chibata na mão, a chocara visivelmente. – Ela é daqui?

– É a senhorita Blanche de Cominges e esta é sua mãe, a senhora de Cominges. Estão hospedadas neste hotel, expliquei.

– Ela é casada?, perguntou a velha senhora sem cerimônia.

– Não, trata-se de uma senhorita, respondi o mais respeitosamente que pude, baixando intencionalmente a voz.

– Ela é alegre?

Não entendi a pergunta.

– A gente não se entedia com ela? Ela sabe falar russo? Em Moscou, Des Grieux estropiava algumas palavras.

Expliquei que a senhorita de Cominges jamais havia estado na Rússia.

– *Bonjour!*, disse a vovó, bruscamente, dirigindo-se sem qualquer preâmbulo à senhorita Blanche.

– *Bonjour, madame*, fez a senhorita Blanche, mergulhando numa reverência cerimoniosa e estudada e deixando ver, sob a capa de uma extrema polidez, pela expressão de seu rosto e de sua pessoa, seu espanto com uma questão e uma conduta tão estranhas.

– Oh, ela baixa os olhos, ela dissimula: vê-se de imediato que pássaro pegamos: uma atriz ou algo deste gênero. Estou hospedada neste hotel, no andar de baixo, disse ela voltando-se bruscamente para o general. Vamos ser vizinhos. Isso lhe deixa contente ou não?

– Oh, minha tia, creia em meus sinceros sentimentos... de satisfação, respondeu o general. Ele já havia se recuperado um pouco e como, quando precisava, sabia encontrar os termos graves que convinham, se pôs a perorar. Ficamos tão alarmados, tão chocados pelas notícias a respeito de sua indisposição... Recebíamos telegramas tão desesperados e, súbito...

– Tu mentes, tu mentes, o interrompeu de imediato a vovó.

– Mas como, interrompeu-a por sua vez o general, subindo o tom e fazendo de conta que não havia entendido, como se decidiu por uma viagem destas? Convenhamos, na sua idade e neste estado de saúde... tudo isso é tão inesperado que nosso espanto é compreensível. Mas eu estou tão contente... vamos todos nos esforçar (aqui, ele se pôs a sorrir com uma expressão de alegria estudada) para tornar sua estada aqui o mais agradável possível...

– Vamos lá, chega! Deixe de tagarelices inúteis. Estás dizendo bobagens, como é teu costume. Eu mesma escolherei como passar meu tempo. Aliás, não sou vingativa. Tu me perguntas como decidi empreender esta viagem? Da maneira mais simples. O que lhes causa tanto espanto? Bom dia, Prascovia, que fazes aqui?

– Bom dia, vovó, disse Paulina, aproximando-se. Há muito tempo que está viajando?

– Enfim uma pergunta inteligente depois de todos estes ohs! e estes ahs! Pois bem: eu estava na cama há uma eternidade e tentava me curar; então, despachei todos os médicos e chamei o sacristão de São Nicolau. Ele já curou uma senhora da mesma doença com pó de feno. A mim ele também curou: em dois dias, transpirei por todos os poros e me levantei. Então, os meus alemães se reuniram novamente, colocaram seus óculos e decidiram: "Se for fazer um tratamento de água no estrangeiro, a obstrução desaparecerá por completo". "Por que não?", pensei. Os chatos começaram a berrar: "É uma loucura ir até lá!". Vamos, então! Em vinte e quatro horas minha bagagem estava arrumada e, na semana passada, peguei uma camareira e Potapytch, depois Fédor, a quem mandei voltar a Berlim, pois vi que não tinha necessidade dele e bem que eu poderia ter viajado sozinha... Reservei um compartimento especial; há carregadores em todas as estações que por vinte copeques levam você aonde quiser. Vocês têm um belo apartamento!, concluiu, olhando em volta. Onde arrumas dinheiro, meu caro? Hipotecaste tudo, se não me engano. A este francesinho, por exemplo, deves uma pilha de dinheiro. Sei de tudo, não te melindres.

– Minha tia, começou o general, inteiramente confuso, estou surpreso... me parece que posso, sem a tutela de ninguém... de resto, minhas despesas não ultrapassam meus recursos e aqui, nós...

– Não excedem teus recursos, tu és audacioso mesmo! Então, deves ter esfolado teus filhos de seus últimos centavos, tu, o tutor deles!

– Depois dessa... depois destas palavras... – retomou o general, indignado – não sei...

– Não sabes o quê? Suponho que não saias de perto da roleta! Tu estás na miséria!

O general ficou tão aterrado que quase sufocou sob o impacto da emoção.

– Na roleta, eu? Um homem de meu gabarito!... Pense melhor, minha tia, a senhora não está ainda refeita...

– Mentira, tudo isso é mentira! Aposto que não consegues te desgrudar da roleta! Está delirando! Irei hoje mesmo ver o que é esta tal de roleta. Prascovia, me diga o que há para se ver aqui. Alexis Ivanovich me levará; tu, Potapytch, anotes a lista dos lugares a visitar. O que há para se ver aqui?, repetiu ela virando-se para Paulina.

– Nas redondezas temos as ruínas de um castelo, depois o Schlangenberg.

– O que é este tal de Schlangenberg? Um bosque?

– Não. É uma montanha; lá existe um *pointe*...

– Que *pointe* é essa?

– O lugar mais elevado da montanha. Lá existe uma sebe. A vista é incomparável.

– Será preciso levar minha cadeira até lá em cima? Isso é possível?

– Pode-se encontrar carregadores, respondi.

Neste momento, Fédossia, a criada, veio saudar a vovó, trazendo as crianças do general.

– Ah, nada de beijação! Não gosto de beijos e abraços de crianças. São muito ramelentos. Como te sentes aqui, Fédossia?

– Aqui estamos muito bem, muito bem, minha cara senhora Antonina Vassilievna, respondeu Fédossia. E a senhora, como vão as coisas, minha cara? Nós nos preocupamos muito com a senhora!

– Sei disso. Tu, ao menos, és uma alma simples. Todas estas pessoas são seus convidados?, perguntou, dirigindo-se novamente a Paulina. Quem é esse magricela de óculos?

– O príncipe Nilski, vovó, lhe disse Paulina em voz baixa.

– Ah, um russo? Eu que pensava que ele não entendia! Não deve ter ouvido! Já vi Mr. Astley. Mas hei-lo aqui novamente, fez a vovó ao percebê-lo. Bom-dia, disse ela, à queima-roupa.

Mr.Astley inclinou-se sem dizer palavra.

– Vamos, o que vai me dizer de agradável? Diga alguma coisa! Traduza para ele, Paulina.

Paulina traduziu.

– Eu diria que a observo com grande prazer e que estou feliz que esteja com boa saúde, respondeu Mr. Astley num tom sério mas com extrema solicitude.

Suas palavras foram traduzidas para a vovó e elas foram visivelmente de seu agrado.

– Como estes ingleses têm resposta para tudo!, fez ela. Não sei por que, sempre amei os ingleses; não há comparação possível com os franceses! Venha me ver, disse ela a Mr. Astley. Procurarei não entediá-lo muito. Traduza isso para ele e lhe diga que estou hospedada aqui no primeiro andar. No primeiro andar, entendeu? Embaixo, embaixo, repetiu ela a Mr. Astley mostrando-lhe o assoalho com o dedo.

Mr. Astley ficou embevecido com o convite.

A velha senhora mediu Paulina de alto a baixo com um olhar atento e satisfeito.

– Eu te amaria muito, Prascovia, lhe disse bruscamente. Tu és uma jovem boa, a melhor de todo este grupo, mas tu tens um caráter daqueles!... Eu também, aliás... Dê uma volta, só um pouco. Não são falsos estes cabelos aí, não é?

– Não, vovó, são meus.

– Felizmente, tenho horror desta moda estúpida. Tu és tão bela. Eu me apaixonaria por ti caso fosse um jovem. Por que não te casas? Bom, preciso ir. Quero passear, depois de tanto tempo dentro de um trem... E então, continuas amuado?, perguntou ao general.

– Por favor, minha tia, pare com isso!, retomou o general, recuperando a serenidade. Compreendo que, na sua idade...

– *Cette vieille est tombée en enfance*[36], Des Grieux murmurou para mim.

---

[36] Esta velha está caduca.

– Quero ver tudo por aqui. Tu me cedes Alexis Ivanovitch?, a vovó perguntou ao general.

– Oh! tanto quanto quiser, mas eu mesmo... e Paulina, e o senhor Des Grieux... para qualquer um de nós seria um prazer acompanhá-la.

– Huuum, um prazer! Tu me fazes rir, meu caro. Aliás, não te darei dinheiro, acrescentou subitamente dirigindo-se ao general. Levem-me ao meu apartamento: vou dar uma olhada nele e, depois, andaremos por toda parte. Vamos.

A vovó foi erguida novamente e todos descemos a escadaria em procissão atrás da sua cadeira. O general andava como se estivesse aturdido por um golpe de cassetete. Des Grieux pensava. A senhorita Blanche quis de início ficar, mas acabou nos seguindo. O príncipe vinha em seus calcanhares. No apartamento do general só ficaram o alemão e a senhora viúva Cominges.

Capítulo X

Nas estações de águas e, presumivelmente, também por toda Europa, os administradores e gerentes de hotel, quando reservam um apartamento a um cliente, levam em conta menos as suas exigências ou seus desejos do que a opinião que têm a respeito deles; é justo reconhecer que raramente se enganam. Mas eles deram à vovó, Deus sabe por qual razão, dependências tão faustosas que desta vez eles passaram dos limites: quatro peças magnificamente equipadas com banheiro, quartos para as domésticas, quarto separado para o camareiro etc., etc. ... Uma grande duquesa efetivamente ali havia passado oito dias recentemente e eles apressaram-se, é claro, em comunicá-lo aos novos ocupantes, a fim de aumentar ainda mais o preço da estadia. Transportaram, ou melhor, rodou-se com a vovó por todos os quartos e ela fez deles um exame atento e severo. O gerente do hotel, um homem de uma certa idade, careca, a acompanhou cortesmente durante este giro.

Não sei por quem eles tomavam a vovó. Sem dúvida por uma pessoa de grande distinção e, sobretudo, muito rica. No registro, colocaram pressurosos: *Madame la Générale, princesse de Tarassevitcheva*[37], ainda que a vovó jamais tenha sido princesa. Os empregados, o compartimento reservado, a pilha de pacotes inúteis, de valises e mesmo de cofres que se havia desembarcado com a velha senhora serviram sem dúvida de pedestal a seu prestígio. E a cadeira, o tom cortante e a voz da vovó, suas perguntas impertinentes feitas com um ar desenvolto e sem permitir a menor réplica, em resumo, toda a pessoa da avó, reta, brusca, autoritária, terminaram por lhe conquistar uma veneração universal. Enquanto ela passava a revista em seu apartamento, a velha senhora fazia bruscamente com que parassem sua cadeira, indicava um objeto qualquer do mobiliário e colocava questões inesperadas ao gerente do hotel, que sorria respeitosamente, mas que já estava começando a tremer. Ela o interrompia em francês, língua que falava muito mal, de tal forma que com freqüência eu precisava traduzir. A maioria das respostas do gerente a desagradavam e lhe pareciam insuficientes. Além disso, ela fazia perguntas desprovidas de sentido e inspiradas na mais delirante fantasia. Por exemplo, ela parou bruscamente diante de um quadro: uma cópia muito fraca de um original célebre, com motivo mitológico.

– De quem é este retrato?

---

[37] Senhora Generala, princesa de Tarassevitcheva.

O gerente respondeu que, presumivelmente, era de uma condessa.

– Como não sabe? Mora aqui e não sabe! Por que este quadro está aqui? Por qual razão ela é vesga?

A todas estas questões, o gerente do hotel não conseguiu responder de modo satisfatório e ficou até mesmo atônito.

– Que imbecil!, declarou a vovó em russo.

Foi conduzida adiante. O mesmo incidente se reproduziu com uma estatueta de Saxe que a velha senhora contemplou longamente e depois pediu que fosse retirada, sem que se soubesse por qual razão. Enfim, ela submergiu o gerente com perguntas: quanto havia custado o tapete do quarto de dormir, onde fora fabricado? O gerente prometeu que iria se informar.

– Que asno!, grunhiu ela, enquanto dirigia sua atenção ao leito.

– Eis aí um magnífico dossel! Desfaça-o.

A cama foi desfeita.

– Mais, mais, desfaçam tudo. Retirem os travesseiros, as fronhas, retirem as colchas.

Tudo foi colocado abaixo. A vovó examinou atentamente.

– Felizmente não há percevejos. Levem toda a roupa branca. Colocaremos meus lençóis e meus travesseiros. Além disso, tudo isso aqui é demasiado luxuoso; não preciso, na minha idade, de um apartamento destes. A gente se entedia sozinha.

Alexis Ivanovitch, venha me ver com freqüência, tão logo termines de dar as lições às crianças.

– Desde ontem não estou mais aos serviços do general, respondi, e moro no hotel por minha própria conta.

– Por qual razão?

– Dia destes chegou de Berlim, com sua esposa, um alemão de alto coturno, um barão. Ontem, durante o passeio, eu me dirigi a ele em alemão, sem observar a pronúncia berlinense.

– E daí?

– Ele tomou isso por uma impertinência e foi queixar-se ao general; este me despediu de imediato.

– Mas como, tu ofendeste este barão? Mesmo que tenhas feito isso, que mal haveria nisso!

– Oh, não, foi ele que ergueu sua bengala contra mim.

– E tu, remelento, permitiste que ele tratasse assim ao preceptor de teus filhos, disse ela bruscamente ao general, e o despediste além de tudo! Vocês todos não valem nada, pelo que vejo.

– Não se preocupe, titia, respondeu o general com uma nuança de familiaridade altiva, eu sei conduzir meus negócios. Ademais, Alexis Ivanovitch não lhe fez um relato inteiramente exato.

– E como conseguiu suportar isso?, me perguntou ela.

– Quis desafiar o barão a um duelo, respondi com o ar mais modesto e mais calmo, mas o general se opôs.

– Por quê?, perguntou a vovó. Tu, meu caro, podes ir, voltarás quando fores chamado, disse ela ao gerente do hotel. Não posso suportar esta carranca de Nurenberg!

O outro fez uma reverência e saiu, sem compreender, é claro, o que dizia a vovó.

– Permita-me, minha tia, os duelos são possíveis?, disse o general com uma risota.

– E por que não? Os homens são todos uns garnisés; eles teriam lutado, eis tudo. Vocês são todos uns galinhas mortas, é claro, são incapazes de sustentar a honra de seus países. Vamos, levem-me! Potapytch, dê ordens para que dois carregadores estejam sempre à minha disposição. Acerte com eles e fixe as condições. Dois bastam. Apenas nas escadas é preciso me carregar; em terreno plano, na rua, basta empurrar, explique a eles. E dê a eles um adiantamento, eles serão mais educados. Tu ficarás sempre perto de mim e tu, Alexis Ivanovitch, me mostre este tal barão quando estivermos passeando: que eu ao menos veja quem é este "von barão". Vamos, onde está afinal esta roleta?

Eu lhe expliquei que as roletas estavam instaladas nos salões do cassino. A seguir vieram as questões: "Há muitas delas? Há muita gente que joga? Joga-se durante todo o dia? Como ficam dispostas?". Respondi que afinal o melhor seria olhar tudo isso com seus próprios olhos, e que era muito difícil descrever.

– Está bem, que me transportem imediatamente! Toma a dianteira, Alexis Ivanovitch!

– Como, minha tia, sem ao menos descansar um pouco?, perguntou o general, solícito.

Ele parecia um tanto agitado. Além disso, todos tinha um ar constrangido e olhavam-se com o canto dos olhos. Provavelmente estariam sentidos e mesmo envergonhados em acompanhar a vovó ao cassino onde ela iria, sem dúvida, se entregar a alguma excentricidade, e em público desta vez. No entanto, todos se ofereciam para lhe fazer companhia.

– Por que descansaria? Não estou cansada. Há cinco dias que estou imóvel. Em seguida, iremos ver as fontes, as águas termais. E depois... este... como disseste, Prascovia? este *pointe*, é isso?

– Sim, vovó.

– Que seja, *pointe*. O que mais existe por aqui?

– Muitas coisas, vovó, disse Paulina embaraçada.

– Bom, não sabes de nada! Marta, vem também comigo, disse ela a sua camareira.

– Por que deseja levá-la, minha tia?, se inquietou subitamente o general. É impossível. Chego a duvidar que se deixe Potapytch entrar no interior do cassino.

– Besteiras! Por acaso a deixaremos fora pelo fato de ser uma doméstica? Ela é, no entanto, uma criatura viva; já há oito dias corremos as estradas, ela também tem o desejo de ver alguma coisa. Com quem iria se não fosse conosco? Ela não ousa nem mesmo dar um passo sozinha na rua.

– Mas, vovó...

– Tens vergonha de me acompanhar, por acaso? Então, fique em casa, nada te será solicitado. Um general, grandes coisas! Eu também sou generala. Ademais, não tenho nenhuma necessidade de arrastar este séquito atrás de mim. Verei tudo com Alexis Ivanovitch...

Mas Des Grieux insistiu para que todos fossem em comitiva e se esmerou em frases amáveis a respeito do prazer em acompanhá-la etc. ... Todos se puseram em marcha.

– *Elle est tombée en enfance*, repetiu Des Grieux ao general. Sozinha, fará besteiras... Não compreendi, mas ele tinha com certeza um plano qualquer na cabeça e talvez houvesse recuperado a esperança.

O cassino ficava a uns quinhentos metros. Tomamos a aléia de castanheiros até a praça, onde fizemos a volta e entramos diretamente no cassino. O general estava um pouco mais tranqüilo, pois nosso cortejo, embora bastante excêntrico, não deixava de ter alguma dignidade. E nada havia de espantoso no fato de que uma pessoa doente e debilitada, privada do uso das pernas, viesse a uma estação de águas. Mas, visivelmente, o general temia o cassino. Por que uma enferma, que era, além do mais, uma senhora idosa, iria à roleta? Paulina e Blanche andavam cada uma de um lado da cadeira de rodas. Blanche ria, demonstrando uma gaiatice discreta e, de tempos em tempos, trocava até mesmo observações brincalhonas com a vovó, a ponto desta lhe dedicar alguma atenção. Paulina, do outro lado, era obrigada a responder às questões incontáveis e incessantes da velha senhora, tais como: "Com quem acabamos de cruzar? Que mulher é aquela no carro? A cidade é grande? O jardim tem uma área muito grande? Que árvores são estas? Como se chamam estas montanhas? Existem águias por aqui? Que telhado engraçado!". Mr. Astley, que caminhava a meu lado, sussurrou-me que esperava muito daquela manhã.

Potapytch e Marta seguiam mais atrás da cadeira. Potapytch de fraque e gravata branca, mas com um boné, e Marta, uma solteirona de quarenta anos, com maçãs do rosto vermelhas e cujo cabelos já se tornavam grisalhos, com um gorro, roupas indianas e sapatos de couro de cabra que rangiam. A vovó se voltava com freqüência para eles para lhes dirigir algumas palavras. Des Grieux e o general ficaram ligeiramente mais atrás e conversavam animadamente. O general estava bastante abatido. Des Grieux conversava com um ar decidido. Talvez procurasse levantar o moral de seu companheiro; estava, visivelmente, lhe dando conselhos. Mas a vovó já havia pronunciado a frase fatal: "Eu não vou te dar dinheiro". Talvez esta declaração parecesse inverossímil a Des Grieux, mas o general conhecia sua tia. Notei que Des

Grieux e a senhorita Blanche continuavam a trocar piscadelas. Percebi quando o príncipe e o alemão, ao final da aléia, esperaram que nos distanciássemos e tomaram outra direção.

Fizemos uma entrada triunfal no cassino. O porteiro e os criados demonstraram a mesma solicitude que a criadagem do hotel. Nos olhavam com curiosidade. A vovó nos ordenou que, antes de mais nada, a conduzíssemos por um giro em todas as salas. Tanto saudava a uns quanto ficava indiferente a outros, mas se informava a respeito de tudo. Afinal alcançamos as salas de jogo. O criado em guarda diante da porta fechada, de imediato abriu seus dois batentes, talvez tomado pela surpresa.

A aparição da vovó causou uma profunda impressão no público. Nas mesas de roleta e, no outro lado da sala, onde se encontra a mesa de *trente et quarante*, se comprimiram cerca de cento e cinqüenta ou duzentos jogadores em várias fileiras. Aqueles que haviam conseguido insinuar-se até a mesa defendiam firmemente suas posições, como é hábito, e não cediam seu lugar antes de ter perdido todo seu dinheiro, pois não é permitido permanecer nestas posições como simples espectadores, ocupando gratuitamente o lugar de um jogador. Ainda que cadeiras fossem colocadas em torno das mesas, poucas pessoas sentaram-se nelas, sobretudo quando a multidão estava compacta, pois ficando de pé ocupa-se um menor espaço e se fica à vontade para apostar e colocar as fichas. As pessoas da segunda ou terceira fila se apertavam contra aquelas da primeira, esperando sua vez. Mas, em certas ocasioes, em sua impaciência, eles enfiavam suas mãos por entre os jogadores para depositar suas apostas. Na terceira fila, as pessoas se esforçavam da mesma maneira para fazer chegar suas fichas ao tapete verde; assim, a cada dez ou cinco minutos se elevava um protesto em um dos cantos da mesa. O policiamento do cassino é no entanto muito bem feito. Não podem, evidentemente, evitar o empurra-empurra; ao contrário, ficam felizes quando há afluência, pois ganham com ela. Mas oito crupiês, sentados em torno da mesa, controlam as apostas com atenção; são eles que pagam e, caso uma contestação ocorra, são eles que a destrincham. Em casos extremos, chama-se a polícia e o caso é decidido imediatamente. Os agentes estão nas salas, em trajes civis, entre os espectadores, de sorte que não possam ser reconhecidos. Vigiam sobretudo os pequenos ladrões e os profissionais que são muito numerosos nas roletas onde o exercício de sua industriosidade é particularmente facilitada. Com efeito, em qualquer outro lugar é necessário remexer nos bolsos ou arrombar fechaduras o que, em caso de insucesso, acarreta uma montoeira de aborrecimentos. Aqui basta simplesmente aproximar-se da roleta, começar a jogar e, súbito, ostensivamente, diante do nariz e das barbas de todos, surrupiar o ganho de um outro e metêlo no bolso. Em caso de altercação, o ladrão grita, em alto e bom som, que aquele prêmio é dele. Se o golpe é executado com destreza e se as testemunhas hesitam, o ladrão com freqüência consegue guardar o dinheiro, quando a soma, bem entendido, não é muito vultosa, pois nesse caso ela seria observada pelos crupiês ou por um outro jogador. Se a soma não é muito elevada, o verdadeiro proprietário renuncia por si mesmo a continuar a disputa e se retira, temendo um escândalo. Mas, caso se chegue a desmascarar o ladrão, ele é expulso sem consideração.

A vovó contemplou tudo isso de longe, com uma curiosidade ávida. Ela ficou deliciada quando um ladrão foi expulso. O *trente et quarante* mexeu pouco com sua curiosidade; foi a roleta que lhe agradou, sobretudo quando a bolinha rodava. Ela queria, enfim, ver o jogo mais de perto. Não sei como isso foi feito, mas os garçons e alguns indivíduos solícitos (a maior parte, poloneses arruinados pelo jogo, que ofereciam seus serviços aos jogadores bem-sucedidos e a todos os estrangeiros) lhe conseguiram um lugar bastante próximo do meio da mesa, ao lado do crupiê principal, e para aí rolaram sua cadeira, apesar do aperto. Uma grande quantidade de visitantes, que não jogavam mas olhavam (principalmente os ingleses com suas famílias), afluíram em seguida à mesa a fim de contemplar a vovó por detrás das costas dos jogadores. Os crupiês encheram-se de esperanças: uma jogadora tão excêntrica prometia efetivamente algo de extraordinário. Uma mulher de setenta anos, enferma, que desejava jogar... eis aí uma circunstância pouco comum. Também me esgueirei até a mesa e me instalei ao lado da vovó. Potapytch e Marta permaneceram à distância, no meio da multidão. O general, Paulina, Des Grieux e a senhorita Blanche juntaram-se igualmente aos espectadores.

Antes de mais nada, a vovó observou os jogadores que estavam a sua volta. E me colocava, em voz baixa, algumas questões: "Quem é esse? E aquele outro?" Interessou-se sobretudo por um jovem na extremidade da mesa que jogava pesado, apostava em milhares de francos e que já ganhara, segundo o que murmuravam seus vizinhos, cerca de quarenta mil francos que estavam a sua frente formando um monte de cédulas e de peças de ouro. Ele estava lívido. Seus olhos faiscavam e suas mãos tremiam. Apostava sem medida, pegando o dinheiro aos punhados e no entanto não cessava de ganhar e o ouro acumulava-se a sua frente. Os garçons agitavam-se, trouxeram-lhe uma cadeira, abriram um espaço a sua volta, para que ele se sentisse mais à vontade e para que a multidão não o sufocasse; tudo isso na esperança de uma rica recompensa. Alguns jogadores felizardos as dão sem medidas, retirando o dinheiro de seus bolsos aos punhados. Ao lado do jovem, já se instalara um polonês que não parava quieto e que lhe falava a todo instante aos ouvidos com um ar respeitoso, sem dúvidas para aconselhá-lo e para dirigir seu jogo e, bem entendido, na espera de uma remuneração. Mas o jogador mal lhe dava atenção, apostando a torto e a direito e continuando a empilhar seus ganhos. Visivelmente, perdera a cabeça.

A vovó o observou durante alguns minutos.

– Diga-lhe, solicitou a mim, puxando meu cotovelo, diga-lhe que abandone, que reúna seu dinheiro o mais rápido e saia. Ele vai perder, vai perder tudo num instante, ela se inquietou, quase ofegante de emoção. Onde está Potapytch? Mande Potapytch falar com ele! Mas diga-lhe, diga-lhe então, disse-me ela me cutucando. Mas onde está Potapytch afinal?! Saia! Saia!, começou a gritar para o jovem. Eu me inclinei sobre ela e lhe disse, num tom baixo mas seguro, que não eram permitidos gritos naquele local, sendo mesmo proibido falar noutro tom que não fosse a voz baixa, pois isso perturbava os cálculos. Se agisse assim iriam nos retirar dali.

– Que pena! Este homem está perdido! Mas é ele que assim o quer. Nem quero olhá-lo, vou me virar para o outro lado. Que bobão! E a vovó se virou para o outro lado.

Daquele lado, o esquerdo, via-se entre os jogadores uma jovem senhora acompanhada por uma espécie de anão. Quem era este anão, eu o ignoro: seria um parente dela ou ela o teria levado até ali para causar impacto? Eu já havia notado esta jovem, mulher. Vinha todos os dias ao cassino, a uma hora da tarde e saía as duas horas em ponto. A cada dia jogava durante uma hora. Era conhecida e logo lhe providenciavam uma cadeira. Ela retirava de sua bolsa algumas moedas de ouro e algumas cédulas de mil francos e começava a apostar com gravidade, friamente, anotando os números numa folha de papel, procurando descobrir o sistema segundo o qual os resultados se agrupavam num momento dado. Arriscava somas significativas. Ganhava a cada dia mil, dois mil, três mil francos, não mais, e se retirava assim que os ganhava. A vovó a observou longamente.

– Essa não vai perder! Não vai perder! Quem é, tu sabes?

– Uma francesa, provavelmente uma destas pessoas, murmurei.

– Ah! Reconhecesse o pássaro pelo vôo. Vê-se que ela tem as garras afiadas. Explique-me agora o significado de cada jogada e como se deve apostar.

Expliquei o melhor que pude o sentido das inumeráveis combinações do jogo: *rouge et noir, pair et impair, manque et passe*[38] e, enfim, algumas nuanças do sistema de números. A velha senhora me escutou com atenção, refletiu, colocou novas questões e se informou. Era possível apresentar-lhe um exemplo imediato de cada sistema

---

[38] ...vermelho e negro, par e impar, *manque* (a série de números de um a dezoito, também chamada de pequeno) e *passe* (a seqüência de dezenove a trinta e seis, também chamada de grande).

de apostas, de modos que a lição era assimilada facilmente. A vovó ficou muito contente.

– E o que significa *zero*? O crupiê principal, aquele lá, que tem cabelos crespos, acabou de gritar *zero*. E por que ele recolheu tudo que estava sobre a mesa? Ele pegou todo aquele monte! O que quer dizer isso?

– *Zero*, vovó, é o ganho da banca. Se a bolinha cai sobre o zero, tudo que está sobre a mesa pertence sem exceção à banca. Na verdade, faz-se uma rodada para ficar livre, mas a banca não paga nada.

– Ora essa, com a breca! E eu não recebo nada?

– Não. Se apostou no zero e ele sair, receberá trinta e cinco vezes o que apostou.

– Como! Trinta e cinco vezes! E ele sai com freqüência? Por que estes imbecis não colocam suas apostas nele?

– Por que existem trinta e seis chances contrárias, vovó.

– Que absurdo! Potapytch! Potapytch! Espere, tenho algum dinheiro comigo... aqui está! Ela retirou de seu bolso uma bolsa estufada e dela retirou um frederico. Tome, coloque rápido sobre *zero*.

– Vovó, o zero acabou de sair, eu lhe disse, portanto só sairá novamente dentro de um bom tempo. Está arriscando demais: espere um pouco.

– Não, tu estás dizendo um monte de tolices. Coloca lá!

– Por favor, ele não sairá antes que anoiteça. Mesmo que aposte nele mil vezes. É assim que acontece.

– Tolices, tolices, quem tem medo do lobo não vai à floresta. O quê? Perdeste? Joga de novo!

Perdemos desta forma um segundo frederico; apostamos um terceiro. A vovó não se continha de tanta agitação; ela percorria com seus olhos brilhantes a bolinha que saltitava através das casas da roleta. Perdemos um terceiro frederico. A vovó estava fora de si; não conseguia manter-se quieta e golpeava a mesa com o punho, quando o crupiê anunciou *trinta e seis* em lugar do *zero* esperado.

– Vamos lá!, irritou-se a vovó, este maldito zero vai sair ou não? Quero ser enforcada caso não fique aqui até que este *zero* saia! A culpa é do larápio deste crupiê encaracolado! Com ele, não sairá jamais! Alexis Ivanovitch, coloque duas moedas de uma só vez! Colocaste tão pouco que, caso saia o zero, ganharemos muito pouco.

– Vovó!

– Aposte, aposte! O dinheiro não é teu.

Coloquei dois fredericos. A bolinha rodou por um longo período na roleta e, por fim, começou a saltitar entre as casas. A vovó, desfalecendo, me segurou pelo braço e, súbito, toc!

– *Zero!*, gritou o crupiê.

– Está vendo! Está vendo!, disse a vovó virando-se com vivacidade para mim. Eu bem que te disse! Eu bem que te disse! Foi o próprio Senhor que me sugeriu colocar duas moedas de ouro! Quanto vou receber agora? Por que ainda não pagaram? Potapytch, Marta, onde estão? E os outros, onde se meteram? Potapytch, Potapytch!

– Daqui a pouco, vovó, murmurei. Potapytch está na entrada, não deixariam que entrasse aqui. Olhe, vovó, estão pagando, pegue!

Empurraram na direção da vovó um pesado rolo de cinqüenta fredericos, embalados em papel azul escuro, além de outros vinte fredericos não envelopados. Recolhi tudo aquilo com um ancinho.

– Façam o jogo, Senhores! Façam o jogo, Senhores! Ninguém mais entra!, gritou o crupiê, chamando às apostas e preparando-se para lançar a bolinha.

– Deus meu, estamos atrasados! Vão começar logo! Joga, joga, agitou-se a vovó, rápido, não perca tempo, disse ela, fora de si, dando-me violentas cotoveladas.

– Mas onde, vovó?

– No *zero*! No *zero*! Ainda sobre o *zero*! Aposte o máximo possível! Quanto temos ao todo? Setenta fredericos? É inútil ser avarento, aposta vinte de uma só vez!

– Vovó, seja razoável! Ele fica às vezes cem rodadas sem sair! Eu lhe rogo, vai deixar aí todo seu dinheiro!

– Tolices, tolices, aposta rápido! O martelo está soando! Eu sei o que faço, disse a vovó, tremendo de tanto nervoso.

– O regulamento impede que se coloque mais de doze fredericos sobre o *zero*. Pronto, já coloquei.

Como? É mesmo verdade? *Moussié! Moussié!*, disse ela no seu francês tosco, puxando o cotovelo do crupiê sentado à sua esquerda e que se preparava para lançar a bolinha: *Combien zéro? douze? douze?*[39]

Apressei-me a explicar a questão em francês.

– *Oui, Madame*, respondeu polidamente o crupiê, da mesma forma que nenhuma aposta individual pode ultrapassar quatro mil florins. É o regulamento, acrescentou à guisa de esclarecimento.

– Bom, que se pode fazer? Coloque doze!

– O jogo está feito!, gritou o crupiê. A roleta girou e saiu o treze. Perdemos!

– De novo! De novo! Aposte novamente!, gritou a vovó. Desta vez eu não opus nenhuma resistência e, sacudindo os ombros, coloquei outros doze fredericos. A roleta girou por um longo tempo. A vovó tremia e a seguia com os olhos. "Será que ela acredita mesmo que o *zero* vai ganhar novamente?", me perguntei, olhando-a com espanto. Em seu rosto brilhava a convicção absoluta de ganhar, a esperança firme de que ouviria gritarem dentro de instantes: *zero*! A bolinha enfiou-se numa casa.

– *Zero!*, gritou o crupiê.

– E então?!, disse a vovó, virando-se para mim com um ar triunfante e agressivo.

---

[39] Senhô, senhô... Quanto zero? doze? doze?

Eu era um jogador: eu o senti neste momento preciso. Meus braços e minhas pernas tremeram, minhas têmporas latejavam. Evidentemente, era raro que numa dezena de rodadas o *zero* saísse três vezes; mas não havia nisso nada de particularmente espantoso. Eu próprio, no dia anterior, vi o *zero* sair três vezes seguidas e, nesta ocasião, um dos jogadores, que havia anotado com aplicação os lances numa folha de papel, observara em alta voz que, no dia anterior, este mesmo *zero* não havia saído mais do que uma vez em vinte e quatro horas.

Entregaram o dinheiro à vovó com a deferência e a atenção particularmente devidas à pessoa que havia realizado o maior ganho. Ela recebeu exatamente quatrocentos e vinte fredericos, ou seja, quatro mil florins e vinte fredericos. Pagaram-lhe os vinte fredericos em moedas de ouro e os quatro mil florins em cédulas.

Mas, desta vez, a vovó não chamou Potapytch; ela tinha outra coisa em mente. Ela não se agitava mais e não tremia mais exteriormente. Mas tremia interiormente, se podemos nos exprimir assim. Toda sua atenção estava concentrada num ponto, como se ela visasse uma meta.

– Alexis Ivanovitch, ele disse que não se pode apostar mais do que quatro mil florins de cada vez? Tome, coloque quatro mil florins sobre o vermelho, decidiu ela.

Seria inútil tentar dissuadi-la. A roleta rodou.

– Vermelho!, proclamou o crupiê.

Novo ganho de quatro mil florins, o que totalizava oito mil.

– Deixe quatro mil aqui e recoloque o resto sobre o vermelho, ordenou a vovó.

Arrisquei mais uma vez quatro mil florins.

– Vermelho!, anunciou de novo o crupiê.

– O total é doze! Dê-me tudo. Coloque o ouro em minha bolsa e recolha as cédulas. Agora basta! Vamos! Empurre minha cadeira!

Capítulo XI

Empurramos a cadeira na direção da porta, no outro extremo da sala. A vovó estava radiante. Todos do nosso grupo rodearam-na para felicitá-la. Por mais excêntrico que tivesse sido seu comportamento, seu triunfo compensava muitas coisas e o general já não temia se comprometer em público por seu parentesco com uma mulher tão original. Ele cumprimentou a vovó com um sorriso condescendente e uma jovialidade familiar, como fazemos com uma criança a quem fazemos agrados. Ademais, estava visivelmente impressionado, como todos os outros espectadores. Comentou-se o incidente, apontava-se a vovó. Muitos passavam ao lado dela para vê-la mais de perto. Mr. Astley, à distância, comentava a seu respeito com dois amigos ingleses. Algumas senhoras imponentes a contemplavam com um espanto majestoso, como se fosse um fenômeno. Des Grieux se desfazia em felicitações e em sorrisos.

– *Quelle victoire*!,[40] disse ele.

---

[40] Que vitória!

– *Mais, Madame, c'était du feu!*[41], acrescentou a senhorita Blanche com um sorriso encantador.

– Claro, sem meias medidas, ganhei doze mil florins! Que estou dizendo? Doze mil? Existem ainda as moedas de ouro! Tudo junto faz cerca de treze mil. Quanto isso dá em rublos?[42] Uns seis mil?

Eu lhe disse que seria mais de sete, talvez chegasse mesmo até oito no câmbio atual.

– Oito mil, que piada! Que fazem aí parados como cãozinhos de porcelana? Potapytch, Marta, vocês viram?

– Minha boa senhora, como conseguiu? Oito mil rublos!, exclamou Marta, obsequiosa.

– Tomem, aqui estão cinco moedas de ouro para cada um, tomem! Potapytch e Marta se precipitaram para beijar suas mãos.

– E que se dê um frederico para cada carregador. Dê a cada um deles uma moeda, Alexis Ivanovich. E por qual razão estes criados estão fazendo reverências? Para me saudar? Dê também a cada um deles um frederico.

– *Madame la princesse... un pauvre expatrié... malheur continuel... les princes russes sont si généreaux...*[43], mendigou perto da cadeira um indivíduo metido numa sobrecasaca puída, colete salpi-

---

[41] Mas, Senhora, foi fogo!

[42] Unidade monetária e moeda russa, dividida em cem copeques.

[43] Senhora princesa... um pobre expatriado... eterno sofrimento... os príncipes russos são tão generosos...

cado com uma profusão de cores, bigodes, que retirara seu gorro com um sorriso servil.

– Dê também a ele um frederico. Não, dê-lhe dois. Pronto, chega, senão isso não acaba nunca. Levantem-me, levem-me! Prascovia, disse ela a Paulina Alexandrovna, vou te comprar um vestido amanhã e para a senhorita... como é mesmo que ela se chama, senhorita Blanche, não é? Darei algum com que comprar uma roupa. Traduza para elas, Prascovia!

– *Merci*, Madame, disse a senhorita Blanche, dobrando-se numa reverência e fazendo uma careta irônica na direção de Des Grieux e do general. Este estava um tanto chocado e sofreu um grande sobressalto quando atingimos a aléia.

– E Fédossia, Fédossia! Ela não acreditará em seus ouvidos!, disse a vovó, lembrando-se da governanta das crianças. É preciso também lhe dar algo com que comprar um vestido. Ei, Alexis Ivanovitch, Alexis Ivanovitch, dê algo a este pedinte!

– Talvez não se trate de um pedinte, vovó, mas de um patife.

– Dê, dê! Dê-lhe um florim!

Aproximei-me e lhe dei uma moeda. Ele me olhou estupefato, mas pegou a moeda sem dizer palavra. O sujeito fedia a vinho.

– E tu, Alexis Ivanovitch, ainda não arriscaste a sorte?

– Ainda não, vovó.

– Teus olhos brilham, eu vi.

– Vou arriscar sem dúvida, vovó, mais tarde.

– E aposte sem hesitar no *zero*! Vais ver! Quanto tens de dinheiro?

– Vinte fredericos, vovó.

– Não é muito. Vou te emprestar cinqüenta fredericos, caso queiras. Toma, pegue este rolo aqui... Quanto a ti, meu caro, não tenhas ilusões, não te darei nada!, disse ela bruscamente ao general.

Este pareceu ficar transtornado, mas se manteve calado. Des Grieux ergueu as sobrancelhas.

– *Que diable, c'est une terrible vieille!*[44], murmurou entre dentes ao general.

– Um mendigo, um mendigo, ainda um mendigo! gritou a vovó. Alexis Ivanovitch, dê também um florim a este homem.

Neste momento veio a nosso encontro um velhinho com cabelos brancos, com uma perna de pau, vestido com uma espécie de longo manto azul escuro, um grande bastão nas mãos. Parecia um velho soldado. Mas, assim que eu lhe estendi um florim, deu um passo atrás e me olhou com um ar ameaçador.

– *Was ist's, der Teufel!*[45], gritou, agregando a esta exclamação uma dúzia de injúrias.

– Que imbecil!, gritou a vovó fazendo com a mão um gesto de desdém. Levem-me para longe daqui! Estou morrendo de fome! Vou jantar

---

[44] Que diabo, é uma velha terrível!

[45] Diabos, o que é isso!

em seguida, depois vou descansar e, então, voltarei para lá.

– Ainda pretende jogar, vovó?, perguntei.

– O que te parece? Já que ficas por aí mofando eu devo ficar te olhando?

– *Mais, Madame!*, disse Des Grieux aproximando-se, *les chances peuvent tourner, une seule mauvaise chance et vous perdrez tout, sourtout avec votre jeu... c'était terrible!*[46]

– *Vous perdrez absolument*[47], ceceou a senhorita Blanche.

– E o que você têm a ver com isso? Não é o dinheiro de vocês que vou perder, é o meu! Mas onde está este tal Mr. Astley?, me perguntou.

– Ele ficou no cassino, vovó.

– Pena, é na verdade um bom rapaz.

De volta à casa, a vovó, cruzando com o gerente do hotel na escadaria, lhe falou e se vangloriou de suas vitórias. Depois, chamou Fédossia, lhe deu três fredericos e lhe ordenou que servisse o jantar. Fédossia e Marta se desdobraram em exclamações durante a refeição.

– Eu a observava, minha querida, cacarejou Marta, e eu disse a Potapytch: "Afinal, o que nossa grande dama quer fazer?". E quanto dinheiro sobre a mesa! Por todos os santos! Meu Deus, nunca vi

---

[46] Mas, senhora!...a sorte pode mudar, um só azar e a senhora perderá tudo, sobretudo com seu modo de jogar... seria terrível!

[47] Perderá com certeza.

tanto! E todos rodeados por senhores! "De onde vieram afinal todos estes senhores, Potapytch?", eu disse. Eu pensava: "Possa a mãe de Deus vir em sua ajuda!". Eu rezava pela senhora, minha boa senhora; o coração me desfalecia, parava de bater e eu tremia como uma folha. "Senhor, ajude-a!", eu me dizia, e o Senhor vos protegeu! Ainda estou tremendo, minha querida, ainda tremo por inteiro!

– Alexis Ivanovitch, após o jantar, esteja pronto! Perto das quatro horas, voltaremos lá. Até lá, adeus, e não esqueças de me mandar um destes sacripantas chamados médicos; é preciso inclusive que eu tome das águas. Não esqueças.

Saí da casa da vovó feito um idiota. Eu me esforçava por imaginar o que iria acontecer com todo aquele pessoal e que reviravolta sofreriam seus negócios. Era possível observar que eles não haviam ainda se recuperado do primeiro impacto (sobretudo o general). A aparição da vovó em lugar do telegrama esperado que anunciaria sua morte (e, por conseqüência, a abertura da herança) havia reduzido tão perfeitamente a nada os alicerces de seus projetos e decisões que eles agora seguiam com uma verdadeira perplexidade e uma espécie de estupor as investidas da velha senhora junto à roleta. E, no entanto, este segundo fato era talvez mais importante do que o primeiro, pois, ainda que a vovó tenha declarado em duas ocasiões que não daria dinheiro ao general, quem sabe?, era preciso não perder as esperanças. Des Grieux, envolvido em todos os negócios do general, não desistia com certeza. Eu estava convencido que a senhorita Blanche, muito interessada ela também (o que mais iria querer: generala e um belo patrimônio!) não perdia as esperanças tampouco e usava de todos os recursos de sua arte de seduzir para influenciar a vovó, ao contrário da orgulhosa Paulina que não sabia nem aquiescer nem agradar. Mas agora, após as investidas realizadas pela vovó junto à roleta, agora que sua personalidade se havia afirmado perante eles com uma tal clareza (uma velha senhora cabeçuda, autoritária e que *caducava*), agora, talvez, tudo estivesse perdido: pois ela estava feliz como uma colegial infringindo leis e iria, sem dúvidas, se deixar depenar no jogo. Meu Senhor!, pensei (com uma alegria perversa, Deus me perdoe), Senhor! mas cada frederico de ouro arriscado ainda há pouco pela vovó feria o coração do general, punha em cólera Des Grieux, e em fúria a Senhorita de Cominges, para quem a sorte passara a um palmo do nariz! Outro fato: mesmo então, na euforia de haver ganho, quando a vovó havia distribuído dinheiro a todo mundo e tomara os que estavam a sua volta como mendigos, mesmo então ela não conseguira impedir-se de dizer ao general: "A ti não darei nada!". Isso dá a entender que ela havia se fixado nesta idéia, apegava-se a ela, havia prometido tal coisa a si mesma; era perigoso, muito perigoso!

Todas estas reflexões se agitavam em minha cabeça enquanto eu voltava da casa da avózinha através da escadaria principal para meu quartinho no último andar. Tudo aquilo me interessava prodigiosamente. Ainda que eu pudesse de antemão adivinhar os liames mais sutis que ligavam os atores que estavam diante de meus olhos, eu ignorava os móveis e os segredos em jogo. Em Paulina jamais pude depositar inteira confiança. Em certas ocasiões, é verdade, e apesar dela, me havia aberto seu coração, mas eu observara que freqüentemente, talvez sempre, após suas confidências, ou bem ela transformava em ridículo tudo que me havia dito ou bem ela embaralhava tudo e tudo colocava intencionalmente sob uma falsa luz. Oh, ela me escondia um bocado de coisas! Em todos os casos, eu pressentia que o final de toda aquela situação misteriosa e tensa estava se aproximando. Mais um golpe e tudo estaria terminado e desmascarado. Quanto a meu destino, igualmente interessado em tudo aquilo, eu pouco me preocupava.

Estranho estado de espírito, o meu. Não tenho mais do que vinte fredericos no bolso, estou distante de meu país, sem uma situação definida, sem meios de subsistência, sem esperança, sem projetos, e... não me inquieto! Não fosse pela lembrança de Paulina, eu me abandonaria simplesmente ao ângulo cômico do desnudamento próximo e cairia na gargalhada. Mas Paulina me perturba. Sua sorte vai se decidir, eu o sinto, no entanto confesso que não é isso que me preocupa. Gostaria de penetrar em seus segredos. Gostaria que ela me procurasse e dissesse: "Tu bem sabes que eu te amo". Por outro lado, se esta loucura é irrealizável, então... o que desejar? Será que eu sei o que desejo? Pareço estar desnorteado; tudo que quero é ficar perto dela, em sua auréola, sob sua influência, para sempre, a vida inteira. Não sei mais nada! Será que eu poderia me afastar dela?

No terceiro andar, ao longo do corredor, levei um choque. Virei-me e, a uns vinte passos, vi Paulina que saía para o corredor. Ela parecia me espionar, me espreitar e fez menção de se aproximar.

– Paulina Alexandrovna...

– Fale baixo, me recomendou.

– Veja só, lhe disse em voz baixa, agora mesmo senti como que um golpe: virei-me e era você! Como se um fluído se desprendesse de você.

– Pegue esta carta, me disse Paulina com um ar sombrio e preocupado (ela não havia, é claro, entendido direito o que eu havia dito), e a entregue pessoalmente e de imediato a Mr. Astley. Faça isso rápido, por favor. Não há resposta. Não...

Ela não completou o que pretendia dizer.

– A Mr. Astley?, repeti, surpreso. Mas Paulina já havia desaparecido.

Então eles mantém uma correspondência! Claro, corri de imediato a procurar Mr. Astley. Em primeiro lugar em seu hotel, onde não estava, depois no cassino, cujas salas percorri uma a uma e, enfim, retornei à casa, zangado, quase desesperado, quando o encontrei por acaso, misturado a uma cavalgada de ingleses e inglesas. Fiz um sinal. Ele parou e eu lhe entreguei a carta. Não tivemos sequer tempo de trocar um piscar de olhos. Mas foi intencionalmente, suponho, que Mr. Astley acelerou o passo de seu cavalo.

O ciúme me torturava? Estava de fato abatido. Eu não queria nem mesmo me informar a respeito do assunto daquela correspondência. Então, ele era seu homem de confiança! Seu amigo, ele o é, está claro (e desde quando?), mas haverá aí amor? "Certamente não", me soprava a razão. Mas apenas a razão é de pouco peso em tais episódios. Em todos os casos, ainda me faltava tirar aquilo a limpo. O caso se complicava desagradavelmente.

Mal entrara no hotel, o porteiro e o gerente vieram a meu encontro me dizer que estavam a minha procura, que haviam por três vezes se informado a respeito do lugar para onde eu havia ido e pediam que eu me apresentasse o mais rápido possível no apartamento do general. Eu estava com um humor execrável. Encontrei o general em seu gabinete, em companhia de Des Grieux e da senhorita Blanche, só, sem sua mãe. Esta mãe era uma criatura a ser exibida aos outros e tinha um papel decorativo; quando se tratava de um caso de verdade, a senhorita Blanche operava sozinha. Chego a duvidar que aquela pessoa estivesse a par dos negócios de sua pretensa filha.

Os três discutiam com muita animação e a porta do gabinete estava fechada a chave, o que nunca acontecia. Aproximando-me, ouvi vozes altas, o tom impertinente e sarcástico de Des Grieux, as vociferações furiosas e grosseiras da senhorita Blanche e a voz choraminguenta do general que, visivelmente, tentava se explicar. Assim que entrei, eles alteraram suas atitudes. Des Grieux ajeitou seu penteado e ensaiou um sorriso: este sorriso francês, cortês e formal que eu tanto detesto. O general, abatido, desnorteado, se aprumou de um modo mecânico. Apenas a senhorita Blanche quase não alterou sua expressão colérica e se calou, fixando em mim um olhar impaciente. Eu observaria que até então ela me tratava com uma desenvoltura incrível, sem sequer responder a meus cumprimentos, pura e simplesmente me ignorando.

– Alexis Ivanovitch, começou o general, num tom de afetuosa reprovação, permita-me lhe lembrar que é estranho, extremamente estranho... em resumo, sua conduta com relação a mim e a minha família... numa palavra, é estranho no mais alto grau.

– *Eh, c'est n'est pas ça*, o interrompeu Des Grieux com uma irritação cheia de desprezo (decididamente ele intervinha em tudo!). *Mon cher monsieur, notre cher general se trompe*[48] assumindo este tom (continuou seu discurso em russo), ele quer lhe dizer... quer lhe prevenir, ou melhor, lhe pedir para não prejudicá-lo, isso, não prejudicá-lo! Emprego exatamente esta expressão...

– Mas como?, interrompi.

---

[48] Eh, não é isso... Meu caro senhor, nosso prezado general se engana...

– Permita, o senhor se portou como guia (como vou dizer?) daquela velha senhora, *cette pauvre terrible vieille*[49], atrapalhou-se Des Grieux, mas ela vai perder, ela vai perder até o seu último tostão. O senhor testemunhou como ela joga! Se começa a perder, não abandonará mais a mesa de jogo, por pura obstinação, por despeito, e jogará tudo, ela jogará tudo! Neste caso, nunca iremos nos recuperar e então... então...

– E então, apoiou o general, então o senhor terá arruinado toda a família! Minha família e eu próprio, pois somos seus herdeiros, ela não tem outros parentes mais próximos. Eu lhe digo francamente: meus negócios estão periclitando. O senhor em parte sabe do que estou falando... Caso ela perca uma soma importante ou mesmo toda a sua fortuna (meu Deus!), o que acontecerá a meus filhos (o general lançou um rápido olhar para Des Grieux), e comigo mesmo! (Ele olhou para a senhorita Blanche, que se virou com desdém.) Alexis Ivanovitch, salve-nos!

– Mas como, general. Diga-me como poderia... Que crédito tenho junto a ela?

– Recuse, recuse, deixe-a!

– Nesse caso ela encontrará outro!, exclamei.

– *Ce n'est pas ça, ce n'est pas ça, que diable!*[50] interrompeu novamente Des Grieux. Não, não a abandone, mas, ao menos, dê conselhos a ela, afas-

---

[49] ...esta pobre velha terrível...

[50] Não é isso, não é isso, que diabo!

te-a... Enfim, não deixe que perca muito, faça com que se distraia de um modo ou outro.

– Mas como eu faria isso? Por que o senhor mesmo não se encarrega disso, senhor Des Grieux?, perguntei, com a expressão mais ingênua que me foi possível.

Neste momento, captei um olhar rápido, faiscante, interrogador, da senhorita Blanche para Des Grieux. O rosto deste tomou, num átimo, uma expressão singular, sincera, que ele não conseguiu dissimular.

– Ela não me aceitaria agora, eis a desgraça!, gritou Des Grieux, fazendo com as mãos um gesto de impotência. Mais tarde... quem sabe...

Des Grieux lançou um olhar significativo para a senhorita Blanche.

– *Oh, mon cher monsieur* Alexis, *soyez si bon*[51], disse a própria senhorita Blanche aproximando-se de mim com um sorriso encantador. Tomou minhas duas mãos e as serrou entre as suas. Diacho, como aquele rosto diabólico conseguia se transformar instantaneamente! Neste momento ela assumiu um ar tão suplicante, tão gracioso, com um sorriso infantil, cheio de vivacidade. Ao final da frase, me endereçou, às escondidas, uma piscadela brejeira: desejaria me conquistar naquele instante? Ela não estava se saindo mal, mas o procedimento era por demais grosseiro!

---

[51] Oh, meu caro senhor Alexis, seja bonzinho.

O general emergiu (emergiu, é a palavra) por detrás dela:

– Alexis Ivanovitch, perdoe-me o modo como me exprimi ainda há pouco, não era aquilo que eu queria dizer... Eu lhe peço, lhe suplico, inclinou-se até a cintura, à maneira russa. – Só o senhor pode me salvar! A senhorita des Cominges e eu, nós lhe suplicamos; o senhor compreende, não é mesmo?, implorou, mostrando-me com o olhar a senhorita Blanche. Ele inspirava piedade.

Neste momento, três batidas leves e respeitosas golpearam a porta. Foi aberta: era o garçom do andar. Alguns passos atrás dele, estava plantado Potapytch. Haviam sido enviados pela avozinha. Ela havia ordenado que me procurassem e me conduzissem imediatamente a ela.

– Ela está aborrecida, me informou Potapytch.

– Mas são apenas três horas e meia!

– Ela não conseguiu dormir, ficou revirando-se de um lado para outro, subitamente se levantou, pediu sua cadeira e mandou que o encontrássemos. Ela já está na escadaria...

– *Quelle mégère!*[52], gritou Des Grieux.

De fato, encontrei a vovó na escadaria, irritada com minha ausência. Não conseguira esperar até as quatro horas.

– Vamos, levem-me!, gritou ela.

E retornamos à roleta.

---

[52] Que megera!

Capítulo XII

A vovó estava nervosa, irritada; percebia-se que a roleta a obcecava. Já não prestava atenção a nada mais e parecia bastante distraída. Por exemplo, não fazia perguntas como o fizera pela manhã. Ao ver uma caleça suntuosa que passou a nossa frente a toda velocidade, ela esboçou um gesto com a mão e me perguntou quem era o seu proprietário, mas sem dúvida não ouviu minha resposta. Seu devaneio era constantemente interrompido por gestos truncados, impacientes, por bruscos espasmos. Quanto lhe indiquei ao longe, ao nos aproximarmos no cassino, o barão e a baronesa de Wurmerhelm, ela os olhou de um modo distraído e totalmente indiferente e fez: "Ah!", e se voltou vivamente para Potapytch e Marta, que a acompanhavam, e lhes disse:

– Bem, por qual razão estão grudados a mim? Não vou levá-los comigo todas as vezes! Voltem! Basta que tu venhas, acrescentou quando os outros, após saudá-la apressadamente, fizeram meia volta.

A vovó já era esperada no cassino. Reservaram-lhe o mesmo lugar, ao lado do crupiê. Tenho a impressão de que estes crupiês, sempre tão corretos, que tem a aparência de simples funcionários para os quais dá na mesma caso a banca ganhe ou perca, não são de modo algum indiferentes à sorte da banca. Eles são sem dúvidas orientados com instruções que atraem os jogadores e zelam pelos interesses do fisco, o que lhes rende prêmios e gratificações. No mínimo, olhavam a vovó como uma vítima.

Em seguida aconteceu o que todos prevíamos. Eis como:

A vovó fixou-se imediatamente no zero e me ordenou que arriscasse doze fredericos de uma só vez. Colocamos uma vez, duas vezes, três... o *zero* não saía. "Continue! Continue!", repetia ela, lascando-me algumas cotoveladas impacientes. Obedeci.

– Quantas vezes jogamos?, me perguntou enfim, rangendo os dentes de exasperação.

– Doze vezes, avózinha. Perdemos cento e quarenta e quatro fredericos. Vou repetir, talvez nesta tarde...

– Cale-se!, me interrompeu. Coloque no *zero* e coloque em seguida mil florins no vermelho. Tome esta cédula.

O vermelho saiu, mas o *zero* não deu as caras; recolhi mil florins.

– Está vendo? Está vendo?, me disse em voz baixa a vovó, quase que recuperamos tudo. Coloque de novo no *zero*; depois de uma dezena de rodadas, nós sairemos.

Mas na quinta rodada a velha senhora se encheu.

– Mande para o inferno este maldito *zero*! Tome, coloque quatro mil florins no vermelho, ordenou.

– Avozinha! É demais. E se o vermelho não sai?, implorei. Faltou pouco para que me batesse. (Por outro lado, seus golpes de cotovelo eram verdadeiros murros.) Não havia o que fosse possível fazer. Coloquei no *vermelho* os quatro mil florins ganhos de manhã. A roleta começou a girar. A vovó estava calma e se aprumou confiante, segura de que ganharia.

– *Zero!*, gritou o crupiê.

A avozinha não entendeu de imediato, mas quando viu o crupiê recolher seus quatro mil florins juntamente com tudo que estava em cima da mesa e percebeu que o *zero*, que ficara tão longo tempo sem sair e no qual havíamos colocado quase duzentos fredericos, havia saído, como por um golpe do destino, no exato momento em que ela acabara de insultá-lo e de abandoná-lo, ela soltou uma exclamação e socou ruidosamente suas próprias mãos. À sua volta, todos riram.

– Por todos os santos! Eis que agora ele sai, o canalha!, ganiu a avozinha. Ah, o miserável! É culpa tua! Tudo isso é culpa tua!, disse ela jogando-se contra mim, furiosa, enchendo-me de pancadas. Foste tu que me fizeste mudar!

– Avozinha, eu tentava trazê-la de volta à razão, não posso responder pelos golpes do azar.

– Eu te darei, o azar, rosnou ela num tom ameaçador. Vai embora!

– Adeus, vovó!, fiz e me virei para sair.

– Alexis Ivanovitch, Alexis Ivanovitch, fique! Onde vais? Ora, ora. Agora ele se melindra! Imbecil! Fique, fique mais um pouco, não te melindres, eu é que sou uma besta! Agora me diga: o que devemos fazer?

– Não quero mais aconselhá-la, vovó, pois a senhora acabaria por me culpar. Jogue a senhora, ordene, eu farei o que pedir.

– Está bem, está bem. Coloque quatro mil florins no vermelho! Tome, aqui está minha carteira. Ela retirou a carteira de seu bolso e entregou-a a mim. Rápido, aí tem vinte mil rublos.

– Avozinha, balbuciei, montantes deste tipo...

– Quero ser enforcada caso não consiga me recuperar. Aposte!

Apostamos e perdemos.

– Mais, mais! Coloque oito mil de uma só vez!

– Impossível, vovó. A aposta mais alta é de quatro mil!

– Está bem, quatro mil!

Desta vez ganhamos. A vovó recuperou a coragem.

– Está vendo?, disse, golpeando-me com o cotovelo. Aposte mais quatro mil!

Apostamos. E perdemos. Apostamos novamente. E perdemos de novo.

– Vovó, os doze mil florins acabaram-se, comuniquei a ela.

– Eu sei muito bem que acabaram, me respondeu, com uma espécie de raiva impassível, se podemos nos exprimir assim. Eu sei muito bem, meu caro, eu sei bem, sussurrou entre dentes, o olhar fixo e parecendo pensar. Ah, sou capaz de morrer, mas tanto pior! Coloque mais quatro mil florins!

– Não temos mais dinheiro, vovó. Na sua carteira, não há mais do que títulos russos de dívida pública a cinco por cento e algumas letras de câmbio. Dinheiro, não.

– E na minha bolsa?

– Apenas trocados, vovó.

– Aqui existem casas de câmbio? – me perguntou ela num tom decidido – Disseram-me que seria possível trocar todos os nossos valores.

– Oh, tanto quanto quiser! Mas a senhora vai perder na troca... até um judeu estremeceria!

– Tolices! Quero recuperar meu dinheiro! Leve-me. Chame estes patifes!

Empurrei a cadeira, os carregadores vieram a nosso encontro e deixamos o cassino.

– Mais rápido! Mais rápido! Mais rápido!, ordenava. Mostre-me o caminho, Alexis Ivanovitch, e vá pelo caminho mais curto... é longe?

– A dois passos, vovó.

Mas, na esquina, deixando a praça na direção da aléia, encontramos toda a nossa companhia: o general, Des Grieux, Senhorita Blanche e sua mamãe. Paulina Alexandrovna não estava com eles, tampouco Mr. Astley.

– Vamos, vamos! Não parem!, gritou ela. O que querem? Não tenho tempo para perder com vocês!

Eu caminhava mais atrás. Des Grieux aproximou-se.

– Ela perdeu tudo que havia ganho hoje pela manhã, mais doze mil florins. Vamos trocar títulos a cinco por cento, eu lhe disse precipitadamente, em voz baixa.

Des Grieux disparou a correr e foi contar a novidade ao general. Continuamos a empurrar a cadeira da vovó.

– Faça com que pare!, me murmurou o general, furibundo.

– O senhor que tente fazer isso!, eu lhe disse.

– Minha tia, disse o general aproximando-se, minha boa titia... nós vamos... nós vamos (sua voz tremeu e sumiu)... alugar cavalos e dar uma volta no campo... uma vista maravilhosa... o cume... viemos convidá-la.

– Vá para o diabo com o tal cume!, disse a vovó, repelindo-o com um gesto de impaciência.

– Lá existe uma pequena vila... tomaremos chá..., retomou o general, desta vez já sem qualquer esperança.

– *Nous boirons du lait sur l'herbe fraîche*,[53] acrescentou Des Grieux com uma ferocidade hostil.

---

[53] Beberemos leite sobre a relva fresca.

Du lait, de l'herbe fraîche, eis o que existe de idealmente mais idílico para um burguês de Paris. Esta é, como sabemos, sua concepção *de la nature et de la vérité*.[54]

– Eu me lixo para o teu leite! Te entope com ele, a mim faz mal ao estômago. Por que insistes? Estou dizendo que não tenho tempo!

– Chegamos, avozinha!, gritei. É aqui!

Nós a conduzimos à casa na qual estava o escritório do banqueiro. Fui fazer a troca enquanto a vovó ficou me esperando na porta. Des Grieux, o general e a senhorita Blanche esperaram à distância, sem saber o que fazer. A vovó os olhava com um ar irado e eles tomaram o caminho do cassino.

Nos ofereceram uma troca tão desvantajosa que hesitei e vim consultar a vovó.

– Ah, os bandidos!, gritou ela, socando as mãos. Tanto pior, aceite!, me disse ela num tom peremptório. Espera, me chame o banqueiro!

– Melhor que seja um dos empregados, vovó.

– Que seja um empregado, dá no mesmo. Ah, que bandidos!

O funcionário aceitou sair quando soube que se tratava de uma velha condessa, enferma e inválida, que o chamava. A vovó lhe fez um longo discurso, reprovou-o com cólera pelo fato de ser um ladrão, pechinchou. Tudo isso numa mistura de russo, inglês e alemão que eu procurava traduzir.

---

[54] ...da natureza e da verdade.

O sujeito, com cara severa, nos olhava aos dois e balançava a cabeça sem dizer nada. Observava a vovó com uma curiosidade insistente que tangenciava a indelicadeza. Enfim, se pôs a sorrir.

– Está bem, desisto. E que meu dinheiro te sufoque! Troque com ele, Alexis Ivanovitch, não temos tempo, senão precisaríamos ir em outro...

– Diz ele que os outros dão ainda menos.

Já não me lembro da taxa exata da operação, mas era desastrosa. Obtive doze mil florins em moedas de ouro e em cédulas, peguei o total e o levei à vovó.

– Está bem, está bem! Inútil conferir!, fez ela, agitando os braços. Rápido, rápido!

– Eu não vou apostar nunca mais neste maldito *zero*, nem no vermelho, resmungou ao aproximar-se do cassino.

Desta vez me esforcei com o máximo das minhas forças em convencê-la a apostar o mínimo possível, assegurando-lhe que, caso a sorte voltasse, haveria sempre tempo de se fazer um jogo pesado. Mas ela estava muito impaciente e, ainda que tivesse se rendido de início aos meus argumentos, não consegui segurá-la durante o decorrer do jogo. Assim que começou a ganhar dez, vinte fredericos, recomeçou a me dar cotoveladas.

– Está vendo? Está vendo?, dizia, ganhamos. Caso tivéssemos apostado quatro mil florins ao invés de dez, teríamos ganho quatro mil, enquanto que agora! É sempre por tua culpa!

Apesar do desânimo que me causava vê-la jogar, decidi por fim me calar e não lhe dar mais conselhos.

Súbito, surgiu Des Grieux. Os três estavam nos arredores. Notei que a senhorita Blanche se mantinha à distância, em companhia de sua mãe, e fazia-se de amável com o principezinho. O general estava visivelmente desolado, quase à margem. Blanche não queria nem mesmo olhá-lo, ainda que ele se arrastasse ao redor dela. Pobre general! Empalidecia, ruborizava, tremia e sequer acompanhava o jogo da vovó. Blanche e o principezinho afinal saíram; o general correu atrás deles.

– *Madame, Madame*, sussurrou Des Grieux com uma voz melíflua aos ouvidos da vovó. *Madame*, esta aposta não dá certo... não, não, não é possível... dizia ele num russo muito ruim, não!

– Como seria então? Diga-me o que é preciso fazer, disse a vovó.

Des Grieux começou a falar em francês, com volubilidade. Dava conselhos, se agitava, dizia que era preciso aguardar a sorte, se pôs até a fazer cálculos... A vovó não entendia nada. Ele virava-se a todo momento em minha direção para que eu traduzisse; apontava o dedo para a mesa para lhe mostrar. Por fim, apanhou um lápis e escreveu alguns números num papel. A vovó perdeu a paciência.

– Ora, vá, vá! Estás dizendo besteiras! "*Madame, Madame*!" Nem tu mesmo compreendes. Vá!

– *Mais, Madame*, gaguejou Des Grieux, que recomeçou a demonstrar e a explicar. Estava chocado.

– Está bem, aposte uma vez como ele manda, me disse a vovó. Talvez dê certo.

Des Grieux tentava fazer apenas com que evitasse o jogo pesado: recomendava que jogasse no números em separado e por séries. Seguindo seu conselho, coloquei um frederico numa seqüência de números ímpares nos doze primeiros, e cinco fredericos no grupo de números de doze a dezoito e de dezoito a vinte e quatro. Ao todo, havíamos arriscado dezesseis fredericos. A roleta se pôs a girar.

– *Zero!*, gritou o crupiê.

Perdemos tudo.

– Que estúpido!, gritou a vovó virando-se para Des Grieux. Francesinho ordinário! Veja que conselhos me dá este aborto da natureza! Vá! Vá embora! Não entende nada e quer meter o bedelho em tudo!

Terrivelmente chocado, Des Grieux sacudiu os ombros, dirigiu à vovó um olhar de desprezo e se retirou. Estava envergonhado de ter se intrometido com ela, mas não pudera evitar.

Ao final de uma hora, apesar de esforços desesperados, havíamos perdido tudo.

– Vamos embora!, gritou a vovó.

Ela não disse uma só palavra até a aléia, quando deixou escapar algumas exclamações:

– Que perua! Que besta! Velha idiota, vá, uma velha idiota é isso que tu és.

Quando entramos em seu apartamento, ela gritou:

– Chá! E que seja preparado de imediato! Estamos saindo!

– Onde deseja ir a minha boa senhora?, arriscou Marta.

– É da tua conta? Te mete com teus assuntos! Potapytch, prepare as bagagens. Voltaremos a Moscou! Perdi quinze mil rublos em dinheiro!

– Quinze mil, minha senhora? Grande Deus!, exclamou Potapytch socando as mãos com um ar comovente, esperando com isso agradar sua patroa.

– Vamos, vamos, imbecil! Não se meta a choramingar! Cale-se e cuide dos preparativos. Providenciem a conta do hotel o mais rápido possível.

– O próximo trem parte às nove e meia, vovó, eu disse tentando diminuir sua fúria.

– E que horas são agora?

– Sete horas e meia.

– Que tédio! Tanto pior! Alexis Ivanovitch, não tenho nem mais um centavo! Tome estas duas letras de câmbio, vá trocá-las. Senão, não terei nem mesmo com o que sair daqui.

Saí. Quando voltei, cerca de meia hora depois, encontrei todos os meus amigos junto à vovó. Pareciam estar ainda mais chocados com a notícia da partida definitiva da vovó para Moscou do que com suas perdas no jogo. Admitindo que esta partida salvasse sua fortuna, que aconteceria com o general? Reembolsaria Des Grieux? Blanche não esperaria a morte da vovó e se mandaria com o principezinho ou com algum outro. Eles estavam a sua frente procurando consolá-la e pedindo que raciocinasse. Paulina continuava ausente. A vovó os injuriava rudemente.

– Retirem-se, seus demônios! Por que se metem? Por que este barba de bode está a minha frente?, gritou para Des Grieux. E tu, periquita, o que desejas?, disse em direção de Blanche. Por que te agitas?

– Diacho!, murmurou a senhorita Blanche, cujos olhos lançavam um clarão de fúria. Mas, súbito, ela teve um acesso de riso e deixou a sala.

– Esta viverá cem anos!, gritou para o general ao passar pela porta.

– Ah, então contavas com minha morte?, ganiu a vovó dirigindo-se ao general. Vá embora! Coloque-os todos para fora, Alexis Ivanovitch! O que isso pode lhe causar? Perdi meu dinheiro não o seu.

O general balançou os ombros, curvou-se e saiu. Des Grieux o seguiu.

– Chame Prascovia, ordenou a vovó a Marta. Cinco minutos mais tarde, Marta voltou com Paulina. Durante todo este tempo, Paulina havia estado no quarto com suas crianças (sem dúvida ela havia decidido de propósito não sair durante todo o dia). Tinha um ar triste e preocupado.

– Prascovia, começou a vovó. É verdade o que vim a saber casualmente há pouco: o imbecil de teu sogro quer casar com este cata-vento, esta francesa, uma atriz ou coisa pior? Diga-me, é verdade?

– Não sei ao certo, vovó, respondeu Paulina. Mas, a julgar pelas palavras da própria senhorita Blanche, que não se preocupou em esconder de ninguém, concluí...

– Chega!, a vovó a interrompeu num tom enérgico, já compreendi tudo! Sempre pensei que ele acabaria desta forma. Sempre o considerei como o homem mais vazio e frívolo que existe. Ele alardeia suas divisas de general (que obteve quando se aposentou como coronel), e faz pose de importante. Mas eu sei tudo, minha querida, eu sei que enviou telegrama sobre telegrama a Moscou. "Será que a vovó irá esticar as canelas logo?" Eis o que isso queria dizer. Esperavam minha herança. Sem este dinheiro, esta criatura (como se chamava? des Cominges, creio) não o aceitaria nem mesmo como lacaio com seus dentes postiços. Diz-se que ela tem uma pilha de dinheiro que empresta a juros, que fez uma fortuna. Não te acuso, Prascovia, não foste tu quem enviou os telegramas, e não desejo voltar ao passado. Sei que tens um caráter ruim... uma vespa! Quando picas, incha. Mas tenho pena de ti porque eu tinha uma ligação com tua falecida mãe Catarina. Escute, caso queiras, deixa tudo isso aí e vem comigo. Não tens lugar algum aonde ir e não é conveniente para ti ficar com esta gente. "Espera!", gritou a vovó a Paulina, que ia lhe responder, eu não terminei. Eu não te pedirei nada. Conheces minha casa em Moscou: é um palácio. Podes ocupar todo um andar caso queiras e poderás ficar uma semana sem me ver caso meu caráter te desagrade. Aceitas? Sim ou não?

– Permita que eu lhe apresente antes de mais nada uma pergunta: deseja realmente partir em seguida?

– Por acaso pareço estar brincando, minha pequena? Eu disse que eu estou indo e vou mesmo. Hoje perdi quinze mil rublos em sua roleta três vezes maldita! Fiz uma promessa, há cinco anos, de reconstruir em pedra a igreja de madeira de minha propriedade nos arredores de Moscou e, ao invés disso, me arruinei no jogo. Agora, minha querida, parto para construir minha igreja.

– E as águas, vovó? Veio aqui para aproveitar das águas.

– Deixe-me em paz com tuas águas. Não me faças ficar com raiva, Prascovia. Fazes isso de propósito? Então, vens ou não?

– Eu lhe sou muito, muito agradecida, vovó, começou Paulina com emoção, pelo refúgio que me oferece. Em parte a senhora adivinhou minha situação. Sou tão agradecida que, creia-me, irei encontrar com a senhora talvez muito cedo, mas, no momento, tenho motivos... sérios... não posso me decidir de imediato. Caso fique, nem que por uns quinze dias...

– Então não queres?

– Não posso. Além disso, não posso deixar meu irmão e minha irmã e como... como é possível que fiquem sozinhos... Se a senhora me aceitasse com as crianças, vovó, muito bem, eu iria para sua casa, e creio que eu faria por merecer!, acrescentou calorosamente. Mas, sem as crianças, não posso, vovó.

– Está bem, não choramingue mais! (Paulina sequer sonhava em choramingar e, aliás, não deixara cair uma só lágrima.) Encontraremos também lugar para os pintinhos: o galinheiro é grande o bastante. Ademais, já é tempo de irem à escola. Então, não partirás imediatamente? Toma cuidado, Prascovia! Eu te desejo tudo de bom e sei por que não partes! Eu sei tudo, Prascovia! Não deves esperar nada deste francesinho horroroso.

Paulina ficou vermelha. Ela tremia. (Eles sabiam de tudo! Eu era o único a ignorar.)

– Ora, não fique emburrada! Não vou me alongar a respeito deste assunto. Mas cuidado para que não surja um mal... tu me entendes? Tu és uma moça inteligente; isso me deixaria chocada. Pronto, chega. Adeus!

– Eu vou acompanhá-la, vovó, disse Paulina.

– Inútil, me atrapalharias e eu estou por aqui com vocês todos!

Paulina beijou a mão da vovó, mas esta retirou sua mão e beijou o rosto da jovem.

Ao passar a minha frente, Paulina me lançou um olhar breve e desviou rapidamente os olhos.

– Também te digo adeus, Alexis Ivanovitch! Falta apenas uma hora para a partida do trem e acho que estás cansado de mim. Toma estes cinqüenta fredericos.

– Eu agradeço infinitamente, vovó, mas não ouso...

– Está bem, está bem! gritou a vovó num tom tão enérgico e ameaçador que não pude recusar e peguei o dinheiro.

– Se por acaso estiveres sem emprego em Moscou, venha me procurar. Eu te darei cartas de recomendação. Pronto, vá.

Fui para meu quarto e me estendi na cama. Fiquei uma meia hora deitado de costas, os braços entrelaçados atrás da cabeça. A catástrofe havia explodido, havia muito sobre o que refletir. Decidi falar seriamente com Paulina no dia seguinte. Ah, o francesinho! Então era verdade? Mas o que se teria passado? Paulina e Des Grieux! Senhor, que dupla!

Tudo aquilo era de fato incrível. Levantei-me bruscamente, fora de mim, pensando em sair de imediato a procura de Mr. Astley e de fazê-lo falar custasse o que custasse. Também nesse caso ele deveria saber mais do que eu. Mr. Astley? Ainda um enigma!

Mas, súbito, bateram à porta. Fui ver. Era Potapytch.

– Alexis Ivanovitch, meu bom senhor, a avozinha o está chamando.

– Que houve? Está partindo? Restam vinte minutos para a saída do trem.

– Ela está agitada, meu caro, mal se contém.

"Rápido! Rápido!" É o senhor que ela quer. Pelo amor de Deus, não demore!

Desci em seguida. Já haviam trazido a vovó para o corredor. Ela segurava sua carteira na mão.

– Alexis Ivanovitch, toma a dianteira, vamos lá!

– Onde, vovó?

– Eu recuperarei meu dinheiro, senão prefiro morrer! Vamos, ande, sem perguntas! Joga-se até a meia-noite, não é?

Fiquei petrificado, refleti, mas tomei de imediato uma decisão.

– Fique à vontade, Antonina Vassilievna, mas eu não irei.

– Por quê? O que se passa? Que mosca o picou?

– Fique à vontade. Eu me arrependerei mais tarde, portanto, não quero. Não quero ser nem testemunha, nem participante. Dispense-me, Antonina Vassilievna. Aqui estão seus cinqüenta fredericos, adeus! E, depositando as moedas de ouro sobre uma mesinha de centro que estava ao lado da cadeira da vovó, a cumprimentei e saí.

– Que estupidez!, me gritou a vovó, está bem, não venha, encontrarei o caminho sozinha. Potapytch, me acompanhe. Vamos, leve-me!

Não encontrei Mr. Astley e retornei ao hotel. Já tarde, em torno de uma hora da manhã, vim a saber por Potapytch como havia terminado a jornada da vovó. Havia perdido tudo que eu havia trocado para ela, quer dizer, mais dez mil rublos. O polonês ao qual ela havia dado dois fredericos se grudara nela e dirigiu seu jogo o tempo todo. De início ela recorreu a Potapytch, mas logo o dispensou. Foi neste momento que surgiu o polonês. Como se fosse algo preparado previamente, ele falava russo e estropiava mais ou menos uma mistura de três línguas, de modos que eles podiam se entender. A vovó o tratara rudemente e sem piedade enquanto ele "rastejava aos pés da senhora".

– Nenhuma comparação com o senhor, Alexis Ivanovitch, explicou Potapytch. Ao senhor ela tratava como a um senhor, enquanto que o outro (vi com meus próprios olhos, que Deus me fulmine neste momento!) roubava o seu dinheiro diante de seu nariz. Uma ou duas vezes ela o surpreendeu e o repreendeu, tratando-o com todos os palavrões; chegou a puxar seus cabelos. Verdade, eu não minto, isso chegou a fazer com que as pessoas rissem. Perdeu tudo, meu bom senhor: tudo que tinha, tudo que o senhor havia trocado para ela. Nós a trouxemos para cá, a querida senhora; ela acabou de pedir um copo de água, fez um sinal da cruz e foi deitar. Estava, é claro, no limite de suas forças, pois adormeceu em seguida. Que Deus lhe conceda sonhos angelicais! Oh, o estrangeiro!, concluiu Potapytch, bem que eu havia dito que isso não terminaria bem. Que bom será retornarmos a nossa Moscou! Que é que nos falta lá? Um jardim, flores como não se encontra aqui, ar, macieiras estufadas de tanta seiva, espaço... Não. Era preciso viajar ao estrangeiro! Oh! oh! oh!

Capítulo XIII

Faz quase um mês que eu não toco nestas anotações, iniciadas sob a influência de impressões desordenadas e violentas. Sobreveio a catástrofe cuja aproximação pressenti, mas cem vezes mais brutal e súbita do que eu imaginava. Tudo foi muito estranho, escandaloso e mesmo trágico, ao menos no que me concerne. Aconteceram comigo muitas coisas quase miraculosas. Ao menos é assim que ainda as considero, embora que de um outro ponto de vista, sobretudo analisando-as após o turbilhão pelo qual fui então tragado. Eram realmente excepcionais. Mas o milagre, para mim, foi o modo como me comportei em meio a estes acontecimentos. Ainda não o compreendo. E tudo se passou como um sonho, inclusive minha paixão. No entanto, ela era forte e sincera, mas... no que se transformou agora? É verdade que algumas vezes um pensamento me vem ao espírito: "Eu não estaria louco então e não passei todo este tempo num asilo de alienados? Talvez eu ainda esteja nele, talvez tudo isso não tenha sido e não seja ainda senão uma aparência..."

Organizei e reli minhas notas, talvez para me convencer de que não as escrevi num asilo. Agora estou só no mundo. O outono chega, as folhas amarelam. Estou na mesma pequena cidade modorrenta (ah! como as cidadezinhas alemãs podem ser tristes!) e, ao invés de sonhar com o futuro, vivo sob a influência de sensações recentemente dissipadas, sob a influência de lembranças recentes, de toda esta tempestade ainda próxima que me tragou em seu turbilhão e, depois, me rejeitou. Por momentos, tenho ainda a impressão de que estou dentro deste turbilhão, que a tempestade vai se desencadear, arrastando-me ao passar com suas asas e que, perdendo o equilíbrio e o senso de medida, vou começar a girar, girar, girar...

Por outro lado, talvez eu vá me fixar e parar de girar caso eu faça uma recapitulação tão exata quanto possível de tudo que se passou neste mês. Sinto novamente vontade de pegar a caneta e com freqüência não tenho o que fazer à noite. Coisa estranha, para me ocupar, empresto na medíocre biblioteca daqui os romances de Paul de Kock (traduzidos do alemão), que não consigo aturar. Mas os leio e surpreendo a mim mesmo: se diria que temo que uma leitura ou uma ocupação séria possam romper o encantamento que acaba de se dissipar. Talvez este sonho incoerente e todas as impressões que me deixaram sejam tão caros a mim que eu evite qualquer novo contato, temendo que não se dissipem em fumaça. Tudo isso me tocou tão profundamente o coração? Certamente. Lembrarei de tudo mesmo dentro de quarenta anos...

Por isso, retomo a caneta. Ademais, tudo isso pode ser agora contado com brevidade: minhas impressões já não são as mesmas...

Antes de mais nada, concluamos com relação à vovó. No dia anterior, ela havia perdido tudo. Deve ter acontecido o seguinte: aquele que se entrega, como ela o fez, a tal caminho, desce mais e mais rapidamente, como se deslizasse num trenó nas encostas de uma montanha coberta de neve. Ela jogou o dia inteiro até as oito horas da noite; não assisti a isso, mas sei o que se passou porque me contaram.

Potapytch ficou de guarda ao lado dela no cassino o dia inteiro. Os poloneses que dirigiam a vovó se revezaram muitas vezes. Ela começou expulsando o polonês da véspera, aquele do qual puxou os cabelos, e escolheu um outro, que se revelou ainda pior. Depois de ter despachado este e retomado o primeiro, que não havia se afastado e que, durante todo o tempo de sua desgraça, ficou rodeando por detrás de sua cadeira, enfiando a cada instante a cabeça sobre seus ombros, a vovó caíra finalmente num grande desespero. O segundo polonês também não queria de modo algum abandonar seu lugar: um se instalou à direita da velha senhora e o outro, à esquerda. Não faziam mais do que discutir e se injuriar a propósito das apostas e do andamento do jogo, tratando-se um ao outro de canalha e crápula e outras amabilidades polonesas, depois se reconciliavam e jogavam o dinheiro a torto e a direito. Quando divergiam, colocavam as apostas cada um a seu modo, um no vermelho, outro no negro. Para concluir, eles fizeram com que a vovó perdesse a cabeça e pedisse, quase com lágrimas nos olhos, a um velho crupiê que a defendesse, expulsando os poloneses. O que foi feito de imediato, apesar de seus gritos e protestos. Ambos vociferaram ao mesmo tempo, alegando que a vovó lhes devia dinheiro, que ela os havia enganado, agindo desonestamente com eles. O infeliz Potapytch me contou tudo isso chorando, naquela mesma noite, espantando-se com o fato de que eles haviam enchido seus bolsos, que ele os vira roubando dinheiro descaradamente, enfiando-o em seus bolsos. Um deles, por exemplo, pediu cinco fredericos à vovó por seus serviços e os colocou a seguir ao lado das apostas da vovó. Se ela ganhasse, ele gritaria que ele havia ganho e que ela perdera. Assim que foram expulsos, Potapytch interferiu e declarou que eles estavam com os bolsos forrados de dinheiro. A vovó pediu então ao crupiê para que tomasse as medidas cabíveis e, apenas dos gritos de pavão dos poloneses, a polícia foi chamada e seus bolsos esvaziados imediatamente em benefício da vovó. Enquanto tinha dinheiro, a velha dama gozou de prestígio junto aos crupiês e da direção do cassino. Pouco a pouco, sua fama se espalhou por toda a cidade. Os banhistas de todos os países, dos mais simples aos mais ilustres, acorreram para ver "*une vieille comtesse russe tombée en enfance*[55]", que já havia perdido "muitos milhões".

Mas a vovó ganhou pouco, muito pouco ao se livrar dos poloneses. Em seu lugar, um terceiro veio oferecer os seus serviços: este falava perfeitamente o russo e vestia-se como um cavalheiro, ainda que parecesse um lacaio; tinha um enorme bigode e muito amor-próprio. Ele também "beijava as pegadas" da *pani*[56] e "rastejava a seus pés", mas tratava todos a sua volta com arrogância e dava ordens como um déspota. Em uma palavra, ele se colocava não como um servidor, mas como um mestre da vovó. A todo instante, a cada lance, ele se virara para ela e jurava do modo mais assombroso que ele era um *pan*[57] honorável e que não lhe tomaria um só centavo. Repetiu tanto estas promessas que na verdade ela acabou ficando com medo. Mas como este *pan*, no início, parecia corrigir seu jogo e ganhar, a vovó acabou não se decidindo a livrar-se dele. Uma hora mais tarde, os dois poloneses expulsos do cassino reapareceram por detrás da cadeira da vovó, oferecendo-lhe novamente seus serviços, mesmo para pequenos carretos. Potapytch me jurou que o "*pan* honorável" trocou piscadelas com eles e que chegou mesmo a lhes entregar alguma coisa nas mãos. Como a vovó

---

[55] ...uma velha condessa russa que caducava.

[56] Senhora.

[57] Senhor.

não havia jantado e quase não deixava sua cadeira, um dos poloneses poderia efetivamente ser útil: ele correu ao bufê do cassino para buscar uma xícara de caldo e, depois, chá. Os dois foram juntos, aliás. Mas, ao final do dia, quando todo mundo podia ver que ela perdera suas últimas cédulas, havia atrás de sua cadeira cerca de seis poloneses que ninguém havia visto anteriormente. E, quando a vovó perdeu suas últimas peças, não somente eles não a escutavam como não lhe davam atenção, inclinando-se sobre a mesa por cima de seus ombros, recolhendo o dinheiro, dando ordens, apostando, conversando, indagando coisas ao "*pan* honorável". Quanto a este último, havia praticamente esquecido da existência da vovó. E tão logo ela, completamente arruinada, retornou perto das oito horas da noite ao hotel, três ou quatro poloneses não haviam ainda se decidido a deixá-la; corriam ao lado de sua cadeira, gritando com toda a força e demonstrando com voluptuosidade que a vovó os havia enganado e lhes devia dinheiro. Foi assim que chegaram ao hotel de onde foram expulsos a pontapés.

Segundo os cálculos de Potapytch, a vovó perdeu neste dia, além do dinheiro que perdera na véspera, cerca de oitenta e seis mil rublos. Todas as obrigações a cinco por cento, títulos do Estado, ações que possuía, ela os trocou uns após outros. Eu me espantei que ela pudesse se manter firme durante estas sete ou oito horas, sentada em sua cadeira e quase sem deixar a mesa, mas Potapytch me contou que, duas ou três vezes, ela chegou de fato a obter ganhos significativos. Movida novamente pela esperança, não teve mais coragem de ir embora. Ademais, os jogadores sabem que um homem pode ficar vinte e quatro horas no mesmo lugar, as cartas nas mãos, sem mexer os olhos nem para a direita nem para a esquerda.

Entretanto, ao longo daquele dia, acontecimentos decisivos se deram também em nosso hotel. Pela manhã, antes das onze horas, enquanto a vovó estava ainda em seu apartamento, o nosso grupo, quer dizer, o general e Des Grieux, tomaram uma decisão definitiva. Ao tomarem conhecimento de que a vovó, longe de imaginar ir embora, retornara ao contrário ao cassino, vieram em comitiva (exceto Paulina), conferenciar com ela definitivamente e mesmo *sinceramente*. O general, tremendo e desfalecendo diante do pensamento das terríveis conseqüências que daí resultariam para ele, chegou mesmo a forçar a dose: depois de uma meia hora de rogos e súplicas, após ter mesmo confessado tudo, quer dizer, todas as suas dívidas e até sua paixão por Blanche (ele perdera inteiramente a cabeça), assumiu subitamente um tom ameaçador e chegou mesmo a gritar e a bater os pés. Urrava que ela desonrava toda a família, era um objeto de escândalo para toda a cidade e enfim: "A senhora suja o nome da Rússia! gritou, a polícia existe para isso!". A vovó, para terminar com aquilo, o colocou para fora a golpes de bengala (no sentido próprio do termo).

O general e Des Grieux discutiram ainda uma ou duas vezes naquela tarde; se perguntavam se não poderiam efetivamente fazer uso da polícia. Dizendo que uma infeliz mas respeitável senhora idosa, que caducava, iria perder todo o seu dinheiro no jogo, etc., não poderiam, de uma maneira ou outra, obter uma supervisão ou uma interdição? Mas Des Grieux sacudiu os ombros e riu no nariz do general que, em busca de argumentos, andava de um lado para outro em seu gabinete. Enfim, Des Grieux fez com a mão um gesto de desdém e não foi mais visto. À noite, se soube que ele havia simplesmente deixado o hotel, depois de ter um encontro decisivo e misterioso com Blanche. Quanto a esta última, desde a manhã havia tomado medidas categóricas: afastou de vez o general e não tolerava nem mesmo a sua presença. Quando o general correu a seu encalço no cassino e a encontrou nos braços do principezinho, nem ela nem a senhora viúva Cominges o reconheceram. Nem mesmo o principezinho o cumprimentou. O dia inteiro, a senhorita Blanche sondou e manobrou o príncipe para que ele afinal se declarasse abertamente. Mas nem pensar! Ela estava redondamente enganada em seus cálculos. Esta pequena catástrofe não se produziu a não ser à noite; se descobriu então que o príncipe era pobre como Jó e que esperava que lhe emprestassem dinheiro em troca de uma ordem de pagamento para que pudesse jogar na roleta. Blanche o expulsou com indignação e se fechou em seu quarto.

Na manhã do mesmo dia, fui à casa de Mr. Astley, ou melhor dizendo, procurei a manhã inteira por Mr. Astley sem conseguir encontrá-lo. Não estava em sua casa, nem no cassino, nem no parque. Não havia almoçado no hotel naquele dia. Às cinco horas, eu o vi de repente quando retornava da estação ferroviária ao hotel Inglaterra. Estava apressado e parecia muito inquieto, ainda que fosse difícil distinguir a preocupação ou outra espécie qualquer de confusão em seu rosto. Estendeu-me cordialmente a mão, com sua exclamação habitual: "Ah!", mas sem parar e seguindo seu caminho com passadas muito rápidas. Juntei-me a ele, mas me respondeu de tal modo que não tive tempo de lhe perguntar nada. Além disso, eu sentia um terrível constrangimento em forçar uma conversa a respeito de Paulina; ele já não se ocupava dela. Eu lhe contei o que havia acontecido com a vovó; ele me escutou com um ar grave e atento e, depois, sacudiu os ombros.

– Ela vai perder tudo!, fiz com que ele percebesse.

– Oh, sim!, respondeu. Ela já havia ido ao jogo quando eu saí e eu estava convicto de que ela iria perder. Se me sobrar tempo, irei ao cassino para dar uma espiada nisso, pois é curioso...

– Para onde está indo?, perguntei, surpreso por não ter ainda lhe feito aquela pergunta.

– A Frankfurt.

– A negócios?

– Sim.

Que mais eu poderia lhe perguntar? Além disso, eu continuava andando a seu lado, mas ele virou-se bruscamente na direção do hotel das Quatro Estações, pelo qual passamos, me dirigiu um cumprimento com a cabeça e sumiu. Na volta, cheguei aos poucos a uma conclusão: mesmo que eu tivesse falado com ele durante duas horas não conseguiria nada, pois... eu não tinha nada a lhe perguntar! Claro, era exatamente isso! Eu não tinha maneira alguma de formular minha pergunta.

Durante o dia inteiro Paulina passeou pelo parque com as crianças e a governanta ou ficou em casa. Há muito que ela fugia do general e sequer falava com ele, ao menos no que se refere a assuntos sérios. Notei isso depois de um certo tempo.

Mas, sabendo em que situação se encontrava o general naquele dia, imaginei que ele não poderia ter evitado aquela jovem. Dizendo de outro modo, certamente houvera entre eles explicações familiares importantes. No entanto, assim que entrei no hotel depois de minha conversa com Mr. Astley, encontrei Paulina e as crianças. Seu semblante refletia a tranqüilidade mais serena, como se todas as tempestades familiares a houvessem poupado. A meu cumprimento ela respondeu com um movimento de cabeça. Subi para meu quarto profundamente irritado.

Certamente, eu evitava falar com ela e havia encontrado com ela apenas uma vez depois do incidente dos Wurmerhelm. Eu fazia daquilo um ponto de honra, mas, mais o tempo passava, mais a indignação borbulhava em mim. Mesmo se ela não me amasse de modo algum, ela não podia no entanto mexer assim com meus sentimentos e receber com tanto desprezo minhas declarações. Ela sabia que eu a amava de verdade. Ela havia tolerado, permitido que eu lhe falasse do que sentia! É verdade que tudo aquilo havia começado de modo estranho entre nós. Há algum tempo (já está longe, dois meses!) notei que ela queria fazer de mim um amigo, seu confidente, e chegara até a tomar iniciativas neste sentido. Mas não havia dado certo; em lugar disso, havíamos conservado aquelas relações bizarras. Foi por isso que comecei a lhe falar daquele modo. Mas se meu amor a desagradava, por que não me proibia simplesmente de falar com ela a respeito dele?

Ora, ela nada fazia com relação a isso. Chegava, às vezes, a me incitar a falar... para zombar de mim, é claro. Estou certo disso, pois o senti: era algo que a divertia, depois de ter me escutado e exasperado até o limite do sofrimento, me desconcertar bruscamente através de uma forma ferina de desprezo ou indiferença. E, no entanto, ela sabe que não posso viver sem ela. Assim, há três dias da história com o barão, já não posso suportar nossa *separação*. Quando há pouco a encontrei perto do cassino, meu coração disparou a bater com tanta força que eu empalideci. E ela também não pode viver sem mim! Eu sou indispensável a ela... é possível que seja apenas como bufão?

Ela tem um segredo... é claro! Sua conversa com a vovó me atravessou o coração. Pois eu lhe pedi mil vezes para ser sincera comigo e ela sabe que eu estou realmente pronto a lhe dar minha vida. Mas ela sempre me afastou com desdém ou, em lugar do sacrifício de minha vida que lhe ofereço, ela exigia de mim atos extravagantes como aconteceu naquele dia com o barão. Não é revoltante? É possível que este francês seja tudo para ela? E Mr. Astley? Aqui o caso se torna decididamente incompreensível, e no entanto... Senhor, que torturas eu suporto!

De volta a minha casa, num acesso de fúria, peguei minha caneta e escrevi o seguinte:

"Paulina Alexandrovna, vejo claramente que o desfecho se aproxima; ele a atingirá, é certo. Eu lhe repito mais uma vez: você tem necessidade de minha vida? Se eu sou útil seja para o que for, disponha de mim: no momento, estou em meu quarto, a maior parte do tempo, ao menos; não irei a parte alguma. Se for preciso, me escreva ou me chame."

Coloquei o bilhete num envelope e o remeti através do garçom do andar com a ordem de entregá-la em mãos. Eu não esperava resposta, mas três minutos mais tarde o garçom retornou e me anunciou que "me enviavam saudações".

Perto de sete horas, me chamaram para um encontro com o general.

Ele estava em seu gabinete, vestido como se estivesse pronto para sair. Seu chapéu e sua bengala estavam sobre o divã. Entrando, me pareceu vê-lo de pé no meio da peça, as pernas afastadas, cabeça baixa, falando sozinho. Assim que me viu, atirou-se em minha direção soltando quase um grito; dei involuntariamente um passo para trás e quis sair, mas ele me tomou pelas duas mãos e me arrastou ao divã. Sentou-se nele e fez com que eu me sentasse numa cadeira a sua frente, sem soltar minhas mãos, os lábios tremendo, e me disse com uma voz suplicante, enquanto lágrimas brilhavam em seus olhos:

– Alexis Ivanovitch, salve-me, salve-me, tenha piedade de mim!

Por um longo instante, não consegui entender coisa alguma; ele falava sem parar e repetia a todo momento: "Tenha piedade de mim! Tenha piedade de mim!". Percebi enfim que ele esperava de mim alguma coisa parecida com um conselho ou, tendo sido abandonado por todos, vítima da angústia e do desespero, lembrou-se de mim e fez com que eu o procurasse apenas para que pudesse falar, falar, falar...

Era incapaz de usar a razão ou, pelo menos, havia perdido completamente a cabeça. Ele juntava as mãos e estava prestes a jogar-se sobre meus joelhos para que (podem adivinhar?) eu fosse imediatamente até a senhorita Blanche e suplicasse a ela, exortando-a a voltar para ele e desposá-lo.

– Permita, general, exclamei, mas a senhorita Blanche ontem sequer tomou conhecimento de mim. Que posso fazer?

Era inútil protestar, ele não compreendia o que lhe era dito. Começou a falar inclusive a respeito da vovó, expondo suas idéias incoerentes; não abria mão de seu propósito de recorrer à polícia.

– Em nosso país, em nosso país, começou ele, subitamente fervilhando de indignação, em uma palavra... em nosso país, num Estado bem organizado e no qual existam autoridades, velhas deste tipo seriam colocadas sob tutela! Sim, meu senhor, sim, prosseguiu subitamente num tom doutoral levantando-se bruscamente e percorrendo em passos largos toda a sala, o senhor não sabe ainda, caro senhor, disse ele dirigindo-se a um interlocutor imaginário colocado a um canto, aprenda então que... sim... em nosso país, velhas deste tipo, nós as dobramos à força, sim, senhor... Oh, que desgraçado eu sou!

Ele atirou-se sobre o divã e, após um instante, quase soluçando, me contou com aflição, num fôlego só, que Blanche não queria casar com ele porque a vovó chegara em lugar do telegrama esperado e que agora estava claro que não receberia a herança. Acreditava que eu ainda não estava a par disso. Eu queria falar de Des Grieux, mas ele me interrompeu com um gesto.

– Ele foi embora! Tem todos os meus bens penhorados, estou nu como um verme! Este dinheiro que o senhor trouxe... este dinheiro... já nem sei em quanto importava, setecentos francos, creio, é tudo que me resta, é tudo, e agora, eu não sei, eu não sei!...

– Como vai pagar o hotel?, exclamei assustado, e... depois?

Ele me olhou com um ar pensativo, mas não havia, visivelmente, compreendido nada e talvez nem mesmo houvesse me escutado. Tentei encaminhar a conversa na direção de Paulina Alexandrovna, sobre as crianças. Ele me respondeu precipitadamente: "Sim, sim!", mas em seguida voltou a falar do príncipe que partiria com a senhorita Blanche e então... e então...

– Que será de mim, Alexis Ivanovitch?, disse ele virando-se bruscamente para mim. Por Deus, o que será de mim? Diga, é a ingratidão, é a ingratidão, não lhe parece?

Por fim, desabou a chorar amargamente.

Não havia nada que se pudesse fazer com tal sujeito. Deixá-lo só era igualmente perigoso: poderia lhe acontecer qualquer coisa. Livrei-me dele do jeito que pude, mas adverti à empregada para que viesse vê-lo de tempos em tempos para saber como estava; falei, além disso, com o garçom do andar, um jovem bastante inteligente, que também me prometeu vigiá-lo.

Mal eu havia deixado o general, Potapytch veio me suplicar para que fosse até a vovó. Eram oito horas e ela havia retornado do cassino onde perdera até seu último centavo. Desci: a velha estava sentada em sua cadeira, exausta e visivelmente doente. Marta lhe deu uma xícara de chá que precisou quase forçá-la a beber. A voz e o tom da vovó haviam claramente mudado.

– Bom dia, Alexis Ivanovitch, meu caro, disse ela lentamente, inclinando a cabeça com um ar grave. Perdoe-me aborrecê-lo mais uma vez, mas sei que perdoará isso a uma velha como eu. Deixei tudo lá, meu amigo, cerca de cem mil rublos. Estavas certo, ontem, quando não aceitastes vir comigo. Agora não tenho nada, estou sem um centavo. Não quero demorar nem mais um instante, parto às nove e meia. Chamei o teu inglês, Astley, creio; gostaria de pedir-lhe emprestados três mil francos por oito dias. Diga a ele para não ficar pensando coisas e para não recusar. Ainda sou bastante rica, meu caro, tenho três vilas e duas casas. E ainda me sobra algum dinheiro, não trouxe tudo comigo. Digo isso para que ele não se inquiete... Ah, aí está ele! Vê-se que se trata de um homem de bem.

Mr. Astley atendeu ao primeiro chamado da vovó. Sem hesitar e sem muitas palavras, ele lhe entregou três mil francos em troca de uma nota promissória que a vovó assinou. Feito isso, cumprimentou-a e se retirou.

– Agora, deixe-me, Alexis Ivanovitch. Resta-me um pouco mais do que uma hora: vou repousar por um momento, meus ossos doem. Não se preocupe comigo, sou uma velha idiota. Agora, não acusarei mais aos jovens de serem levianos. Sinto até mesmo escrúpulo em fazer críticas ao seu infeliz general. Mas não darei dinheiro a ele nem vou menosprezá-lo, pois julgo que não passa de um perfeito bobão, e eu, velha tola, não sou mais inteligente do que ele. Na verdade, Deus castiga cedo ou tarde a presunção. Então, adeus. Marta cuidará de mim.

Eu tinha a intenção de acompanhar a vovó. Além disso, eu estava esperando por alguma coisa que me parecia possível ocorrer a qualquer instante. Não consegui ficar em meu quarto. Saí para o corredor e fui passear um pouco pela aléia. Minha carta a Paulina era clara e categórica e a catástrofe atual certamente definitiva. No hotel, ouvi falar da partida de Des Grieux. Tudo somado, se ela me recusou como amigo, me aceitaria talvez como criado. Pois eu sou indispensável a ela, no mínimo para fazer carretos! Sim, ela precisa de mim, é claro!

No momento da partida, corri à estação e coloquei a vovó no trem. Todos eles estavam num compartimento reservado.

– Obrigado pela tua bondade desinteressada, meu amigo, me disse ela ao despedir-se. E diga a Prascovia o que eu lhe disse ontem. Eu a espero.

Voltei para casa. Passando em frente ao apartamento do general, encontrei a governanta e me informei a respeito de seu patrão.

– Está indo, meu caro senhor, ela me respondeu com tristeza.

Entrei, mas diante da porta do gabinete eu parei, estupefato. A senhorita Blanche e o general gargalhavam. A viúva Cominges também estava lá, sentada no divã. O general, aparentemente louco de tanta alegria, dizia toda espécie de absurdos e tinha acessos nervosos e prolongados de riso que dobravam seu rosto numa multidão de pequenas rugas e faziam com que seus olhos desaparecessem.

Vim a saber, mais tarde, através de Blanche, que após ter expulsado o príncipe e sabido do desespero do general ela pensou em consolá-lo e veio lhe fazer uma rápida visita. Mas o pobre general ignorava que naquele momento sua sorte estava decidida e que a senhorita Blanche já estava preparando suas malas para partir no dia seguinte para Paris no primeiro trem da manhã.

Depois de ter ficado por um momento no umbral do gabinete, desisti de entrar e me retirei sem que me notassem. Voltei para casa. Abrindo a porta, percebi na semi-obscuridade uma silhueta sentada numa cadeira a um canto, perto da janela. Ela não se levantou à minha entrada. Aproximei-me rapidamente, olhei-a e... perdi a respiração: era Paulina.

CAPÍTULO XIV

Deixei escapar um grito.

– Ora, o que você tem?, ela me perguntou com uma voz estranha. Estava pálida e parecia de humor sombrio.

– O que eu tenho? Você! Aqui, em meu quarto!

– Quando eu venho, venho *inteira*. É meu jeito. Já irá ver. Acenda uma vela.

Obedeci. Ela se levantou, aproximou-se da mesa e colocou a minha frente uma carta aberta.

– Leia, ordenou.

– É... é a letra de Des Grieux!, exclamei apanhando a carta. Minhas mãos tremiam e as linhas dançavam diante de meus olhos. Esqueci os termos exatos desta carta, mas, embora não palavra por palavra, ao menos idéia por idéia, eis do que tratava:

"Senhorita, escreveu Des Grieux, circunstâncias desagradáveis me obrigam a partir sem demora. Terá certamente notado que eu evitei intencionalmente lhe dar uma explicação definitiva antes que tudo não estivesse esclarecido. A chegada da velha senhora, sua parente, e sua conduta absurda, fizeram com que abandonasse as hesitações. A desordem de meus próprios negócios me impede em definitivo de alimentar as doces esperanças com as quais me permiti ser embalado durante algum tempo. Lamento o que se passou, mas espero que não encontrem nada em minha conduta que seja indigna de um *gentilhomme* e de um *honnête homme*[58]. Tendo perdido quase todo meu dinheiro pagando as dívidas de seu padrasto, vejo-me obrigado a preservar o que me resta. Já comuniquei a meus amigos de Petersburg que devem providenciar sem demora a venda dos bens que recebi como garantia. Sabendo, por outro lado, que vosso leviano padrasto torrou toda sua fortuna, decidi lhe perdoar cinqüenta mil francos e devolver a ele uma parte das letras promissórias até este limite. Você tem agora a possibilidade de recuperar tudo que perdeu, exigindo a restituição de vossos bens por via judicial. Espero, senhorita, que no atual estágio de nossos negócios minha atitude venha a lhe ser favorável. Espero também cumprir com este gesto os deveres de um homem honrado. Esteja certa de que sua lembrança ficará para sempre gravada em meu coração".

– Bom, está claro, eu disse, virando-me para Paulina. Esperava realmente outra coisa?, retomei com indignação.

– Eu não esperava nada, ela me respondeu com uma calma aparente, embora houvesse um estremecimento em sua voz. Há muito minha opinião está

[58] ...cavalheiro... ...homem honesto...

formada: eu lia em seus pensamentos. Ele acreditava que eu procurava... que eu insistiria... (Ela parou e, no meio da frase, mordeu os lábios e calou-se.) Deliberadamente redobrei o desprezo com relação a ele; esperei o que faria. Se o telegrama chegasse, eu lhe jogaria no rosto o dinheiro que lhe devia o idiota de meu padrasto e o expulsaria. Há muito tempo, muito tempo que não o suporto mais. Oh, antes era outro homem, inteiramente outro! E agora, agora... Com que alegria eu lhe jogaria agora estes cinqüenta mil francos em seu rosto!

– Mas este papel, esta promissória de cinqüenta mil francos que ele devolveu está nas mãos do general? Pegue-a e a entregue a Des Grieux.

– Oh, não é a mesma coisa! Não é a mesma coisa!

– Sim, é verdade. Para que serve o general agora? E a vovó?, exclamei subitamente.

Paulina olhou-me de um modo distraído e impaciente.

– Por que a vovó?, fez ela com humor. Eu não posso ir à casa dela... E não quero pedir perdão a ninguém, acrescentou num tom exasperado.

– O que fazer?, exclamei. Mas como, como!, você pôde se apaixonar por Des Grieux! É um patife! Um patife! Quer que eu o mate num duelo? Onde está ele?

– Em Frankfurt, onde ficará por três dias.

– Uma palavra sua e parto para pegar o primeiro trem!, eu disse com uma tola exaltação.

Ela começou a rir.

– Sim e ele lhe dirá talvez: "Devolva-me antes os cinqüenta mil francos!". E por que ele se bateria em duelo?... Que estupidez!

– Mas então, onde conseguir, onde conseguir estes cinqüenta mil francos, repeti rilhando os dentes, como se fosse possível juntar este dinheiro do chão. Escute, e Mr. Astley?, lhe perguntei, enquanto me ocorria uma idéia estranha.

Seus olhos puseram-se a brilhar.

– Então, tu queres que eu te deixe por este inglês?, disse ela fixando-me com um olhar penetrante e um sorriso amargo. Era a primeira vez que ela me dirigia um tu.

Sem dúvidas, neste momento sua cabeça deveria estar girando de emoção: sentou-se subitamente no divã. Parecia no limite de suas forças.

Fui cegado como por um raio de luz. Lá fiquei, de pé, não acreditando nem mesmo em meus olhos ou em minhas orelhas! Então, ela me amava! Ela viera à minha casa e não à casa de Mr. Astley! Ela, uma jovem, ela viera, só, a meu quarto, ao hotel! Ela se comprometia aos olhos de todos e eu lá estava, a sua frente, sem entender.

Um pensamento louco brilhou em meu espírito.

– Paulina! Dê-me apenas uma hora! Espere aqui somente uma hora e... eu estarei de volta! É... é indispensável! Tu verás! Fique aqui, fique!

E eu saí correndo do quarto, sem responder a seu olhar interrogativo. Ela me gritou alguma coisa, mas eu sequer olhei para trás.

Sim, algumas vezes o pensamento mais louco, o mais impossível na aparência, se implanta tão fortemente em seu espírito que acreditamos que seja realizável... Mais ainda: se esta idéia está ligada a um desejo violento, apaixonado, o acolhemos como algo fatal, necessário, predestinado, como algo que não pode não ser ou não se realizar! Talvez aí exista algo mais: uma combinação de pressentimentos, um esforço extraordinário da vontade, uma auto-intoxicação pela imaginação, ou ainda outra coisa... não sei, mas naquela noite (que jamais esquecerei), aconteceu-me uma aventura miraculosa. Ainda que ela possa ser perfeitamente explicável pela matemática, ela não se torna menos miraculosa a meus olhos. E por que, por que aquela certeza estava tão profundamente, tão solidamente enraizada em mim, mesmo depois de tanto tempo? Pois eu pensava nisso, repito, não como uma eventualidade possível (e, por conseqüência, incerta), mas como a alguma coisa que não poderia não acontecer!

Eram dez horas e quinze. Entrei no cassino com uma esperança segura e, ao mesmo tempo, uma emoção que jamais havia sentido. Ainda havia pessoas nas salas de jogo, embora fosse a metade do que havia pela manhã.

Às onze horas, restam em torno das mesas apenas os verdadeiros jogadores, os jogadores inveterados para quem, na estação de águas, não existe nada além da roleta. Vieram apenas por causa dela, mal notam o que se passa em volta deles e não se interessam por nada mais ao longo de toda a temporada. Não fazem outra coisa senão jogar da manhã à noite e se disporiam a jogar durante a noite inteira caso fosse possível. É sempre contra a vontade que eles se recolhem quando o cassino é fechado à meia-noite. E quando o mais velho dos crupiês, antes de fechar a casa, pouco antes da meia-noite, anuncia: "As três últimas rodadas, senhores!", eles às vezes estão prontos a apostar nestas três últimas rodadas tudo que têm no bolso e de fato é nesta hora que se perde as maiores somas. Dirigi-me à mesa na qual estivera sentada a vovó. Não havia muito aperto, motivo pelo qual logo consegui um lugar de pé ao lado da mesa. Exatamente à minha frente, sobre o pano verde, estava escrita uma palavra: *passe*.

Passe é uma seqüência de números de dezenove a trinta e seis. A primeira série, de um a dezoito, chama-se *manque*. Mas o que me importava? Eu não calculei e não havia nem mesmo entendido o último número que saíra; não me informei antecipadamente, como teria feito mesmo um jogador pouco experiente. Retirei meus vinte fredericos e joguei no *passe*.

– *Vinte e dois!*, gritou o crupiê.

Ganhei. Arrisquei tudo novamente, minha aposta e o que havia ganho.

– *Trinta e um!*, proclamou o crupiê.

Ganhei novamente! Isso totalizava ao todo oitenta fredericos! Coloquei o total sobre os doze números do meio (ganho triplo, mas duas chances contrárias). A roleta começou a girar e o vinte e quatro saiu. Entregaram-me três maços de cinqüenta fredericos e dez peças de ouro; ao todo eu dispunha agora de duzentos fredericos.

Numa espécie de transe febril, coloquei todo este monte de dinheiro no vermelho... e, súbito, voltei a mim. Foi o único momento ao longo de toda aquela noite que o medo me gelou, manifestando-se através de um tremor nas mãos e nos pés. Senti, com pavor, num clarão de consciência, o que significaria para mim perder naquele momento! Era toda minha vida que estava em jogo!

– Vermelho!, gritou o crupiê. Recuperei o fôlego: formigas em chamas percorriam todo o meu corpo. A banca me fez o pagamento: ao todo, quatro mil florins e oitenta fredericos (eu ainda conseguia fazer os cálculos).

Em seguida, lembro-me de ter colocado dois mil florins sobre os doze números do meio e perdi; joguei meu ouro e meus oitenta fredericos e perdi. Uma fúria tomou conta de mim: peguei os dois mil florins que me restavam e os coloquei sobre os doze primeiros números... sem pensar, ao acaso, cegamente e sem calcular! Houve um momento de expectativa, uma emoção semelhante, talvez, àquela que experimentou a Senhora

Blanchard[59] quando despencou de um balão em Paris.

– Quatro!, gritou o crupiê.

Com a aposta anterior, isso somava de novo seis mil florins. Assumi ares triunfantes e já não temia coisa alguma. Joguei quatro mil florins sobre o negro. Uma dezena de pessoas se apressaram em apostar no negro, como eu fizera. Os crupiês trocaram olhares e algumas palavras. Em volta, falavam e esperavam.

Saiu o negro. A partir deste momento, não me lembro nem do montante nem da sucessão de jogadas. Lembro-me apenas, como se fosse um sonho, que eu já havia ganho cerca de dezesseis mil florins. Súbito, três lances infelizes fizeram com que eu perdesse doze mil. Coloquei então os últimos quatro mil sobre *passe* (mas não senti quase nada no momento; esperava maquinalmente, sem pensar em nada). Ganhei de novo e depois ganhei quatro vezes em seguida. Lembro-me apenas de ter recolhido os florins aos milhares; lembro-me que foram números do meio, aos quais eu me fixara, que saíram com maior freqüência. Saíam regularmente, sempre três ou quatro vezes em seguida, depois sumiram por duas rodadas e retornaram mais umas três ou quatro vezes consecutivas. Esta regu-

---

[59] Trata-se da esposa do inventor do pára-quedas, morta em Paris no ano de 1819, quando da explosão do balão a partir do qual ela soltava fogos de artifício.

laridade espantosa ocorre periodicamente, o que costuma desorientar os jogadores profissionais, que fazem cálculos, o lápis nas mãos. Que terríveis ironias da sorte não se manifestam aqui!

Creio que não se passara mais do que meia hora desde que eu chegara. Súbito, o crupiê anunciou que eu ganhara trinta mil florins, que a banca não se responsabilizava além desta soma numa única sessão e que a roleta seria fechada até o dia seguinte pela manhã. Peguei todo meu ouro, forrei meus bolsos, recolhi todas as cédulas e me dirigi de imediato a uma outra sala na qual havia uma outra roleta. A multidão se precipitou atrás de mim. Providenciaram-me um lugar e recomecei a apostar a torto e a direito, sem cálculos. Não compreendo o que me salvou!

De tempos em tempos, aliás, a idéia de calcular me vinha ao espírito. Eu me apegava a certos números, a certas possibilidades, mas as abandonava rapidamente e recomeçava a jogar quase inconscientemente. Eu estava sem dúvidas muito distraído. Lembro-me de que os crupiês corrigiram muitas vezes meu jogo. Eu cometia erros grosseiros. Minhas têmporas estavam úmidas, minhas mãos tremiam. Poloneses surgiram me oferecendo seus serviços, mas não escutei ninguém. A sorte não me abandonava! Súbito, vozes e risos cintilaram a meu lado. "Bravo! Bravo!", gritavam. Alguns chegavam a me aplaudir. Eu havia novamente raspado trinta mil florins e a banca foi fechada até a manhã do dia seguinte.

– Vá embora! Vá embora!, murmurava alguém à minha direita. Era um judeu de Frankfurt. Estivera todo o tempo a meu lado e, creio, havia me ajudado uma ou duas vezes.

– Pelo amor de Deus, vá embora!, murmurou outra voz em minha orelha esquerda. Dirigi-lhe um rápido olhar. Era uma senhora de uns trinta anos, vestida com modéstia mas com elegância, um rosto cansado, uma palidez doentia, mas que deixava entrever que ela havia sido maravilhosamente bela. Neste momento eu forrava desordenadamente meus bolsos com as cédulas e recolhia o ouro que ainda estava sobre a mesa. Peguei o último maço de cinqüenta fredericos e, sutilmente, o depositei nas mãos da senhora pálida. Tinha um desejo terrível de fazê-lo e lembro-me que seus dedos finos e delicados apertaram minha mão, manifestando um sincero agradecimento. Tudo isso não durou mais do que um segundo.

Depois de ter recolhido tudo, encaminhei-me ao *trente et quarante*.

O *trente et quarante* é freqüentado por um público aristocrático. Não se trata de roleta, mas de um jogo de cartas. Nele, a banca responde por cem mil táleres. O jogo mais pesado é também de quatro mil florins. Eu ignorava totalmente o andamento do jogo e não conhecia quase nenhuma aposta, a não ser o vermelho e o negro que estavam lá. Desta forma, foi neles que eu me fixei. Todo o cassino se acotovelava a minha volta. Não me lembro de ter pensado nem mesmo uma só vez em Paulina durante esta noite. Experimentava um prazer irresistível em tirar e recolher as notas que se amontoavam a minha frente.

Na verdade, se diria que o destino me movia. Desta vez, como se fosse intencional, ocorreu uma circunstância que se reproduz aliás bastante freqüentemente no jogo. A sorte se fixa, por exemplo, no vermelho e não o deixa mais durante dez ou mesmo quinze rodadas. Eu soubera na véspera que o vermelho havia saído vinte e duas vezes em seguida na semana precedente; não há lembrança nem mesmo de um só caso semelhante na roleta e se falava disso com espanto. Claro, todo mundo abandona de imediato o vermelho e, após dez rodadas, por exemplo, ninguém ousa apostar nele. Mas nenhum jogador experimentado jogara então no negro, oposto ao vermelho. Um jogador experimentado sabe o que significa o "capricho da sorte". Por exemplo, poderíamos crer que após o décimo sexto lance, o décimo sétimo deverá cair infalivelmente sobre o negro. Os novatos se atiram em massa nesta aposta, dobram e triplicam seus lances e sofrem perdas terríveis.

Ao contrário, por uma fantasia bizarra, tendo notado que o vermelho havia saído sete vezes em seguida, me fixei nele. Estava convencido que o amor-próprio representava metade desta decisão. Queria deixar os espectadores estupefatos ao assumir um risco insensato e (estranha sensação!)

lembro-me claramente de que fui subitamente, sem qualquer incitação do amor-próprio, possuído por uma sede de risco. Talvez, depois de ter passado por um número tão grande de sensações, a alma não possa deleitar-se, exigindo nova sensações, sempre mais violentas, até o esgotamento total. E, na verdade, não minto, caso o regulamento permitisse apostar cinqüenta mil florins de um só golpe, eu teria arriscado. À minha volta, gritavam que era uma insensatez, que era a décima quarta vez que o vermelho saía!

– *Monsieur a déjà gagné cent mille florins*[60], disse alguém a meu lado.

Despertei subitamente. Como? Eu havia ganho naquela noite cem mil florins! Mas eu não precisava de mais! Atirei-me sobre as notas, as enfiei desordenadamente no meu bolso, sem contar, recolhi todo meu ouro, todos os maços e saí precipitadamente do cassino. Todo mundo ria ao me ver atravessando as salas, os bolsos estufados e o andar incerto por causa do peso do ouro. Acredito que pesava mais de meio-*poud*[61]. Algumas mãos se estenderam em minha direção; distribuí dinheiro aos punhados, tanto quanto minha mão pudesse segurar. Dois judeus pararam-me perto da porta.

---

[60] O senhor já ganhou cem mil florins.

[61] O *poud* russo corresponde a pouco mais do que uma arroba, mais ou menos 16,38 quilos.

– O senhor é audacioso! Muito audacioso!, me disseram, mas parta amanhã pela manhã, o mais cedo possível, senão perderá tudo...

Não os escutei. A aléia estava tão sombria que eu não conseguia enxergar minhas mãos. A distância até o hotel era de aproximadamente meia *versta*. Nunca tive medo de ladrões e assaltantes, mesmo quando era criança; não me lembro aliás de ter sentido qualquer inquietação naquele momento. Não me lembro a respeito do que pensei no caminho; minha cabeça estava vazia. Sentia apenas um prazer violento, o prazer do sucesso, da vitória, do poder; nem sei como dizer. A imagem de Paulina passava diante de meus olhos, eu não perdia de vista que estava indo a seu encontro, que iria estar com ela, contar-lhe o que havia acontecido, mostrar-lhe meu dinheiro... mas eu mal me lembrava o que ela havia me dito há pouco, a respeito da razão pela qual eu havia ido ao cassino, e todas estas sensações recentes, experimentadas há apenas uma hora e meia, me pareciam pertencer a um passado remoto, concluído, ao qual não faríamos nem mesmo qualquer alusão, pois tudo iria recomeçar do zero. Apenas ao final da aléia o medo tomou conta de mim: "E se agora me matam e roubam meu dinheiro?". A cada passo, meu temor redobrava. Estava quase correndo. Súbito, ao final da aléia, a fachada do hotel resplandeceu de repente, brilhando em mil luzes. Graças a Deus eu havia chegado!

Subi de quatro em quatro os degraus da escadaria até meu quarto e abri bruscamente a porta. Paulina estava lá, sentada em meu divã, diante de uma vela acesa, as mãos juntas. Ela me olhava com espanto e certamente eu tinha neste momento uma aparência estranha. Parei diante dela e joguei todo o dinheiro sobre a mesa.

Capítulo XV

Ela me olhou fixamente, sem se mover, sequer mudando de postura.

– Ganhei duzentos mil francos![62], exclamei, retirando de meu bolso o último maço. Um enorme monte de cédulas e de peças de ouro cobriam inteiramente a mesa. Eu me sentia incapaz de desviar meus olhos dele. Por momentos, de fato esqueci Paulina. Ora colocava as cédulas em ordem, reunindo-as em maços, ora separava o ouro, ora esparramava tudo e me punha a percorrer o quarto em passos rápidos, absorto em meus delírios; ou então, súbito, retornava à mesa e recomeçava a contar meu dinheiro. De repente, como se voltasse a mim, eu me precipitava à porta e a fechava dando duas voltas na chave. Em seguida, parava, indeciso, diante de minha maleta.

– Devo colocá-lo na maleta até amanhã?, perguntei, virando-me bruscamente para Paulina, lembrando-me subitamente de sua presença.

---

[62] Eqüivaleria, hoje, a cerca de quarenta milhões de francos, cerca de 80 mil dólares.

Ela continuava sentada no mesmo lugar, sem se mover, mas não deixava de me seguir com os olhos. Tinha uma expressão estranha que me desagradava. Não me enganaria caso dissesse que se tratava de uma expressão de ódio.

Aproximei-me dela às pressas.

– Paulina, eis aqui vinte e cinco mil florins, o que significa cinqüenta mil francos, talvez mais. Pegue-os e vá atirá-los amanhã no rosto dele.

Ela não respondeu nada.

– Se quiser, eu mesmo os levarei amanhã pela manhã. Certo?

Ela começou subitamente a rir. Riu por um longo momento.

Eu a olhava com uma surpresa dolorosa. Aquele riso parecia muito com o riso de deboche com o qual recebia freqüentemente (e há pouco tempo ainda) minhas declarações mais apaixonadas. Por fim, ela parou e franziu as sobrancelhas. Ela me olhou com um ar severo.

– Eu não pegarei seu dinheiro, me disse com desprezo.

– Como? Que está acontecendo?, exclamei. Por que isso, Paulina?

– Não aceito dinheiro sem uma razão.

– Estou oferecendo como amigo, eu lhe ofereço minha vida.

Ela me observou com um longo olhar inquisidor, como se desejasse penetrar em minha alma.

– Você é generoso, disse com uma risota. A amante de Des Grieux não vale cinqüenta mil francos.

– Paulina, como pode falar comigo desta maneira!, exclamei num tom de reprovação. Eu não sou Des Grieux!

– Eu odeio você! Sim!... Sim!... Eu não o amo mais do que a Des Grieux!, gritou e seus olhou puseram-se a faiscar.

Escondeu seu rosto nas mãos e teve uma crise nervosa. Joguei-me sobre ela.

Imaginei que algo deveria ter se passado com ela durante minha ausência. Ela parecia estar fora de si.

– Quer me comprar? Quer? Por cinqüenta mil francos, como Des Grieux?, atirou-me em meio a soluços convulsivos.

Eu a tomei em meus braços, beijei suas mãos, seus pés, caí de joelhos a sua frente.

A crise passou. Ela colocou suas mãos em meus ombros e me contemplou com atenção. Poderia dizer que queria ler alguma coisa em meu rosto. Ela me escutava, mas visivelmente não entendia o que eu lhe dizia. Uma expressão ansiosa, pensativa, surgiu em seus traços. Eu estava inquieto; tinha a forte impressão de que ela enlouquecera. Ela me puxou docemente em sua direção, um sorriso confiante percorrendo seus lábios. Depois, subitamente, me empurrou e recomeçou a me examinar com um ar sombrio.

Bruscamente, envolveu-me em seus braços.

– Tu me amas, não é? Tu me amas?, dizia... Pois... pois... querias duelar com o barão por minha causa! E súbito desandou a rir, como se lembrasse algo cômico e agradável. Ria e chorava ao mesmo tempo.

O que eu poderia fazer? Eu mesmo estava febril. Lembro-me que ela começou a falar comigo... mas não consegui compreender quase nada, era uma espécie de delírio: ela balbuciava como se quisesse, atropeladamente, me contar alguma coisa; este delírio era interrompido de tempos em tempos por uma gargalhada alegre que começava a me assustar.

– Não, não, tu és gentil, gentil!, repetia, tu és meu fiel companheiro! E ela colocou novamente as mãos sobre meus ombros, tornou a me contemplar e repetia: Tu me amas... tu me amas... tu me amarás?

Eu não tirava os olhos dela. Jamais a tinha visto nesses arrebatamentos de ternura e amor; é verdade que se tratava de um delírio, mas... tendo observado meu olhar apaixonado, ela deu subitamente um sorriso malicioso. Bruscamente, começou a falar a respeito de Mr. Astley.

Aliás, ela dirigia continuamente a conversa na direção de Mr. Astley (em particular há pouco, quando tentara me contar alguma coisa), mas eu não conseguia precisar exatamente o que aquilo significava. Creio mesmo que ela debochava de mim. Repetia a todo instante que ele esperava... e que eu ignorava talvez que ele esperava sob minha janela.

– Sim, sim, sob a janela, abra, olhe, olhe, ele está lá!

Ela me empurrava na direção da janela, mas quando eu ameacei me dirigir para lá, ela foi tomava por um riso louco e eu permaneci perto dela. Então, ela se jogou sobre mim e me tomou em seus braços.

– Vamos partir? Partimos amanhã?... Este pensamento parecia inquietá-la subitamente. E (ela tornou-se pensativa), e reencontraremos a vovó, que achas? Creio que poderemos encontrá-la em Berlim. O que achas que ela dirá, quando estivermos juntos e ela nos vir? E Mr. Astley?... Este não se atiraria do alto do Schlangenberg, não é? (ela deu uma gargalhada). Escuta: sabes onde ele irá no próximo verão? Quer ir ao Polo Norte para fazer pesquisas científicas e me convidou para ir junto... há! há! há! E dizem que, nós, os russos, não saberíamos nada sem os europeus e que não servimos para nada... Mas ele é bom. Tu sabes, ele desculpou o general; disse que Blanche... que a paixão... enfim, não sei, não sei, repetiu, como se estivesse desorientada ou sem encontrar as palavras. Os infelizes, como os lamentos, e a vovó também... Escute, escute, como poderias matar Des Grieux? Tivestes realmente a intenção de matá-lo? Oh, és um bobo! Como pudeste acreditar que eu te deixaria duelar com Des Grieux? Mas tu não matarias o barão!, acrescentou, voltando a rir. Como tu estavas engraçado, naquele dia, com o barão! Eu os olhava de meu banco; e como te aborrecias quando te mandei fazer aquilo. O que eu ri! O que eu ri!, acrescentou, rebentando de tanto rir.

E súbito ela começou a me abraçar, a apertar-me contra ela, a colar seu rosto contra o meu com uma ternura apaixonada. Eu não pensava em mais nada, não esperava mais nada, minha cabeça girava...

Deveria ser cerca de sete horas da manhã quando recobrei a consciência. O sol iluminava o quarto. Paulina estava sentada a meu lado e passeava seu olhar em volta de uma forma estranha, como se saísse da obscuridade e reorganizasse suas lembranças. Acabava também de acordar e olhava fixamente para a mesa e para o dinheiro. Minha cabeça estava pesada e dolorida. Tentei pegar a mão de Paulina: ela me repeliu e se levantou bruscamente do divã. O dia que começava estava sombrio; havia chovido até a alvorada. Ela aproximou-se da janela, abriu-a, debruçou-se e, apoiada sobre o parapeito da janela, ficou assim alguns minutos, sem virar-se para mim e sem escutar o que eu dizia. Ocorreu-me uma idéia aterrorizante: o que aconteceria agora e como tudo aquilo terminaria? Súbito, ela deixou a janela, aproximou-se da mesa e, olhando-me com uma expressão de ódio infinito, os lábios fremindo de fúria, me disse:

– E então, dê-me agora meus cinqüenta mil francos!

– Paulina, vais recomeçar!, fiz.

– A menos que tenhas mudado de idéia! Há! há! há! Talvez estejas arrependido?

Os vinte e cinco mil florins contados na véspera estavam sobre a mesa: eu os peguei e os entreguei a ela.

– Então, agora são meus? Não é? Não é?, me perguntou com um ar agressivo, segurando o dinheiro na mão.

– Sempre foram teus, respondi.

– Bom, eis aqui os cinqüenta mil francos! Ela ergueu o braço e os jogou no meu rosto. O maço atingiu-me a face e espalhou-se pelo chão. Em seguida, Paulina deixou o quarto correndo.

Sei que naquele momento ela estava fora de si, ainda que não conseguisse entender esta loucura passageira. É verdade que ela ainda está doente, e existem três palavras para isso. Qual foi, entretanto, a causa daquele estado e sobretudo daquela tolice? Seu orgulho estava ferido? Seria o desespero por ter decidido me procurar? Eu parecia satisfeito com minha felicidade e, como Des Grieux, estaria querendo me desvencilhar dela dando-lhe cinqüenta mil francos? No entanto, em plena consciência, não era nada disso. Creio que a culpa vinha em parte de sua vaidade; era a vaidade que a impulsionava a não confiar em mim e a me ofender, ainda que tudo isso tenha ocorrido, sem dúvida, muito confusamente. Neste caso, paguei por Des Grieux, certamente, e me tornei culpado sem que houvesse aí talvez qualquer culpa minha. É verdade que tudo aquilo não passava de delírio e... que não prestei atenção a esta circunstância. Talvez ela não pudesse me perdoar no momento? Sim, isso era agora, enquanto que no outro dia, no outro dia? Seu delírio e sua doença não eram violentos o suficiente para fazer com que esquecesse completamente o que estava fazendo ao vir me procurar com a carta de Des Grieux? Portanto, ela sabia o que estava fazendo.

Enfiei não sei como, apressadamente, todas as minhas cédulas e meu monte de ouro em minha cama, ajeitei a coberta e saí, cerca de dez minutos depois de Paulina. Eu estava certo que ela se refugiara em seu quarto e pretendia me esgueirar sem barulho em seu apartamento e me informar com a criada, na antecâmara, a respeito da saúde da senhorita. Qual não foi minha estupefação quando a criada, com quem encontrei na escada, me disse que Paulina não havia voltado e que ela viera procurá-la em minha casa.

– Ela acaba de sair, eu lhe disse, talvez há uns dez minutos. Onde poderia ter ido?

A criada me olhou com um ar de reprovação.

No entanto, a história já dava voltas no hotel. Falava-se a meia voz na guarita do zelador e no escritório do gerente do hotel que a *Fräulein*[63] havia saído correndo, às seis horas da manhã, debaixo de chuva, e havia se dirigido ao hotel da Inglaterra. Pelo

---

[63] Senhorita.

que contavam e por suas alusões entendi que sabiam que ela havia passado a noite em meu quarto. Além disso, já circulavam contos a respeito da família do general; sabia-se que na véspera ele havia perdido a cabeça e soluçara a ponto de ser ouvido em todo o hotel. Contava-se nesta ocasião que a vovó era sua mãe, que ela viera expressamente da Rússia para impedir seu filho de casar-se com a senhorita de Cominges e deserdá-lo caso desobedecesse. Como havia se recusado submeter-se, a condessa preferiu arruinar-se de forma deliberada na roleta, diante de seus olhos, para não deixar nada para ele. "*Diese Russen*!"[64], repetia o gerente do hotel com indignação, balançando a cabeça. Os outros riam. O gerente preparava a nota. Já sabiam que eu havia ganho: Karl, o garçom de meu andar, foi o primeiro a me felicitar. Mas eu tinha outra coisa em mente. Corri ao hotel da Inglaterra.

Ainda era cedo; Mr.Astley não recebia ninguém. Sabendo que se tratava de mim, saiu a meu encontro no corredor e ficou plantado a minha frente, fixando-me com seu olhar terno, esperando o que eu tinha a lhe dizer. Perguntei a respeito de Paulina.

– Ela está doente, respondeu-me Mr.Astley, sempre me olhando diretamente nos olhos.

– Então está como senhor?

– Sim, está aqui.

– E o senhor... tem a intenção de abrigá-la?

---

[64] Esses russos!

– Sim.

– Mr. Astley, isso se tornará um escândalo. É impossível. Além disso, ela está de fato doente; o senhor não o percebeu?

– Oh, sim, eu já lhe disse que ela está doente. Caso não estivesse doente, não teria passado a noite em sua casa.

– Ah, sabe disso também?

– Sim. Ela deveria ter vindo ontem e eu a teria conduzido à casa de um de meus parentes, mas como estava doente ela se enganou e foi até a sua casa.

– Não me venha com essa! Bem, Mr. Astley, eu lhe apresento todos os meus cumprimentos. A propósito, o senhor me dá uma idéia; o senhor não ficou a noite inteira debaixo de minha janela? Paulina me dizia a todo momento para abrir a janela e olhar se o senhor não estava lá. Ela se divertia muito com isso.

– É possível? Não, eu não estava debaixo de sua janela, mas eu esperava no corredor e ia e vinha pelas redondezas.

– É preciso que ela se trate, Mr. Astley.

– Sim, já mandei chamar um médico. Caso ela morra, o senhor me prestará contas de sua morte.

Fiquei estupefato.

– Por gentileza, Mr. Astley, o que quer dizer com isso?

– É verdade que o senhor ganhou ontem duzentos mil táleres?

– Apenas cem mil florins.

– Está vendo? E vai partir para Paris em seguida.

– Por quê?

– Todos os russos, quando têm dinheiro, vão a Paris, me explicou Mr. Astley, declinando suas palavras como se as houvesse lido em um livro.

– O que faria agora em Paris, no verão? Eu a amo, Mr. Astley! O senhor sabe disso.

– De fato? Estou convencido do contrário. Além disso, caso fique aqui, perderá com certeza tudo que tem e não terá meios de ir a Paris. Vamos, adeus, estou certo de que partirá hoje mesmo.

– Está bem, adeus, mas não partirei. Pense bem, Mr. Astley, no que irá acontecer!... Enfim, o general... e agora, este incidente com *miss* Paulina... isso vai correr por toda a cidade.

– Sim, toda a cidade. Acho que o general está pouco se importando, ele tem outros assuntos com os quais se ocupar. Ademais, *miss* Paulina tem o direito sagrado de morar onde lhe agrada. No que se refere a sua família, podemos dizer que já não existe.

Ao me afastar, eu ria da estranha segurança deste inglês, que pensava que eu iria viajar a Paris. Entretanto, ele quer me matar em duelo caso a senhorita Paulina morra, imagino, o que é ainda agradável! Juro que tinha pena de Paulina, mas, coisa estranha, desde o dia anterior no momento em que eu havia me aproximado da mesa de jogo e comecei a acumular maços de cédula, meu amor havia de alguma forma passado a segundo plano. Isso eu posso dizer agora; naquele momento, não tive uma consciência clara do que ocorria. Eu seria verdadeiramente um jogador? Eu amava Paulina de um modo igualmente extravagante? Não, Deus é testemunha de que a amo ainda! E, assim que deixei Mr. Astley, eu sofria sinceramente e me censurava ao entrar em minha casa. Mas... aconteceu-me então uma aventura das mais estranhas e das mais tolas.

Dirigia-me apressadamente ao encontro do general, quando, súbito, não longe de seu apartamento, uma porta se abriu e alguém me chamou. Era a senhora viúva Cominges: estava me chamando a pedido da senhorita Blanche. Entrei no apartamento da jovem senhora.

Elas ocupavam um pequeno apartamento de duas peças. Era possível escutar o riso e as gritarias da senhorita Blanche no quarto de dormir. Estava se levantando.

– *Ah, c'est lui! Viens donc, bêta!* É verdade *que tu as gagné une montagne d'or et d'argent? J'aimerai mieux l'or.*[65]

– Sim, ganhei, respondi rindo.

– Quanto?

– Cem mil florins.

– *Bibi, comme tu est bête!* Entra, não estou esperando ninguém. *Nous ferons bombance, n'est-ce pas?*[66]

---

[65] Ah, é ele! Vem então, tolinho! ... que ganhaste uma montanha de ouro e de prata? Eu preferiria o ouro.

[66] Amorzinho, como tu és tolo! ... Faremos festança, não é?

Entrei. Ela estava deitada sobre uma coberta de cetim rosa que deixava descobertos seus ombros morenos, redondos, admiráveis; ombros que só vemos em sonhos, negligentemente recobertos por uma camisola de linho finíssimo guarnecido de rendas de uma brancura ofuscante, o que dava um destaque espantoso a sua pele bronzeada.

– *Mon fils, as-tu du coeur?*[67], exclamou ela ao me ver, dando uma gargalhada. Ela ria sempre muito alegremente e, por vezes, até mesmo com sinceridade.

– *Tout autre...*, comecei, parafraseando Corneille.

– Está vendo, está vendo, ela começou a tagarelar. Antes de mais nada, procure minhas meias e me ajude a vesti-las. Em seguida, *si tu n'es pas trop bête, je te prends à Paris*[68]. Como sabes que estou partindo em seguida.

– Em seguida?

– Dentro de meia hora.

De fato, tudo já estava arrumado. As bagagens estavam prontas. O café fora servido há um bom tempo.

– *Eh bien*, se queres, *tu verras Paris. Dis donc, qu'est-ce que c'est qu'un outchitel? Tu étais bien bête, quand tu étais outchitel!*[69] Onde estão minhas meias? Coloque-as em mim, vamos!

---

[67] Meu filho, tens coração?

[68] ...se não és demasiado estúpido, te levo a Paris...

[69] Eh, bem... tu conhecerás Paris. Diga então, o que é um preceptor? Tu eras muito tolo quando eras preceptor!

Ela mostrou um pezinho verdadeiramente adorável: moreno, miúdo, de modo algum deformado como quase todos estes pezinhos que parecem tão charmosos dentro de botinas. Eu comecei a rir e puxei a meia de seda ao longo de sua perna. Blanche, enquanto isso, tagarelava, sentada em sua cama.

– *Eh bien, que feras-tu, si je te prends avec?* De início, *je veux cinquante mille francs*. Deves remetê-los a Frankfurt. *Nous allons à Paris*; lá, viveremos juntos e *je te ferai voir des étoiles en plein jour*[70]. Verás mulheres como jamais vistes. Escuta...

– Espere! Se lhe dou cinqüenta mil francos, o que sobra para mim?

– E os *cent cinquante mille francs* que esqueceste? Além do mais, consentirei em viver contigo durante um mês, *que sais-je*! É claro, nós gastaremos estes cinqüenta mil francos em dois meses. Veja, *je suis bonne enfant*, eu te previno; *mais tu verras des étoiles!*

– Como? Tudo isso em dois meses?

– O que? Isso te assusta! *Ah, vil esclave!* Não sabes que dois meses desta vida valem mais do que todo o resto de tua vida? Um mês... *et après, le déluge*! *Mais tu ne peux comprendre, va!* Ora, ora, não mereces isso! Ai, *que fais-tu?* [71]

---

[70] Eh, bem, que farás caso te leve comigo?... quero cinqüenta mil francos... Iremos a Paris... farei com que vejas estrelas em pleno dia.

[71] ...Ah, vil escravo!... e depois, o dilúvio! Mas tu não podes compreender!... que fazes?

Eu estava colocando a outra meia, mas não me contive e beijei seu pé. Ela o afastou e começou a me bater no rosto com a ponta do pé. Por fim, ela me despachou.

– *Eh bien, mon outchitel, je t'attends, si tu veux.*[72] Vou partir dentro de um quarto de hora!, exclamou.

Voltando para casa, eu já estava tomado por uma espécie de vertigem. Ora, não era minha culpa se a senhorita Paulina me havia jogado o maço de cédulas em meu rosto e preferido, desde aquela noite, Mr. Astley! Algumas cédulas ainda estavam jogadas no chão; eu as recolhi. Neste momento, a porta se abriu e o gerente do hotel (que anteriormente não queria nem mesmo olhar para a minha cara), entrou e me convidou a me instalar no esplêndido apartamento que viera de ser desocupado pelo conde V...

Por instantes, fiquei refletindo.

– A conta!, gritei, vou partir para Paris em dez minutos. Vá para Paris!, disse a mim mesmo. Sem dúvida isso estava escrito!

Um quarto de hora mais tarde, estávamos efetivamente os três sentados num compartimento familiar: a senhorita Blanche, a senhora viúva Cominges e eu. Blanche ria a ponto de chegar às lágrimas ao me olhar. A senhora viúva Cominges fazia coro com ela; eu não diria que estava feliz. Minha vida

---

[72] Bom, meu preceptor, te espero, caso queiras.

se dividia em duas, mas, desde a véspera, adquiri o hábito de apostar tudo. Talvez fosse verdade que eu não suportasse o dinheiro, que havia perdido a cabeça. *Peut-être, je ne demandais pas mieux.*[73] Parece-me que, por uns tempos, mas somente por uns tempos, o cenário mudava. "Mas, dentro de um mês, estarei de volta, e então... e então ainda teremos contas a ajustar, Mr. Astley e eu!" Sim, tanto quanto eu conseguia lembrar, eu estava profundamente triste embora rindo escandalosamente com esta toupeira da Blanche.

– Mas o que queres? Tu és um idiota! Oh, como tu és idiota!, gritou Blanche parando de rir e começando a me repreender seriamente. Sim, sim, gastaremos os duzentos mil francos *mais tu seras heureux comme un petit roi*; eu mesma farei os nós de tuas gravatas e te apresentarei a Hortênsia. E quando houvermos torrado todo nosso dinheiro, voltarás aqui e estourarás novamente a banca. Que te disseram os judeus? O essencial é a audácia, tu a tens e virás ainda mais de uma vez me trazer dinheiro em Paris. *Quant à moi, je veux cinquante mille francs de rente, et alors...*[74]

– E o general?, perguntei.

– O general? Sabes bem que todos os dias, nesta hora, ele vai e compra um buquê para mim.

---

[73] Talvez eu não quisesse outra coisa.

[74] ...mas tu serás feliz como um reizinho... Quanto a mim, quero cinqüenta mil francos de renda e então...

Desta vez, eu lhe disse expressamente para que encontrasse as flores mais raras. Quando ele voltar, o coitado, o pássaro terá voado! Ele correrá atrás de nós, vais ver. Há! há! há! Eu ficarei muito contente. Em Paris ele me será útil. Mr. Astley pagará as contas que fizer aqui...

E foi assim que fui para Paris.

Capítulo XVI

Paris, o que dizer desta cidade?

Tudo não passou seguramente de delírio, extravagância. Aí permaneci um pouco mais de três semanas e, terminado este período, meu lastro se reduzira a cem mil francos. Refiro-me a cem mil francos apenas, pois os outros cem mil eu os entreguei em pagamento a Blanche: cinqüenta mil em Frankfurt e, três dias mais tarde, em Paris, lhe dei mais cinqüenta mil francos através de ordem de pagamento que ela descontou ao final de uma semana.

– *Et les cent mille francs qui nous restent, tu les mangeras avec moi, mon outchitel!*[75] – era assim que ela me chamava.

É difícil imaginar algo de mais mesquinho, avaro, mais unha-de-fome do que pessoas do tipo da senhorita Blanche no que se refere a seu dinheiro. Quanto a meus cem mil francos, ela me disse tranqüilamente que precisava deles para instalar-se em Paris.

---

[75] E os cem mil francos que nos restam, tu o comerás comigo, meu preceptor!

– Eis-me agora estabelecida aqui de uma forma confortável e ninguém me fará descer daqui por um bom tempo. Ao menos tomei as medidas necessárias, disse ela.

De resto, mal vi a cor de meus cem mil francos. Era ela que controlava a bolsa e, em meu porta-moedas, que ela inspecionava todo dia, nunca havia mais do que cem francos, quase sempre menos.

– Que necessidade tens de dinheiro?, me perguntava às vezes com seu ar cândido e eu não discutia.

Por outro lado, com este dinheiro, ela se instalou num apartamento muito elegante e, quando me levou a seu novo domicílio, me disse, enquanto me fazia percorrê-lo:

– Eis o que a economia e o bom gosto podem fazer com os recursos mais miseráveis.

Tal miséria custava, no entanto, líquidos cinqüenta mil francos. Com os cinqüenta mil francos que sobravam, comprou uma carruagem e dois cavalos. Depois demos dois bailes, aos quais compareceram *Hortênsia* e *Lisete* e *Cléopâtre*, mulheres notáveis sob muitos pontos de vista e, além do mais, boas moças. Durante estas duas noitadas, tive que me prestar ao papel absurdo de anfitrião, receber e entreter as mulheres de comerciantes ricos, extraordinariamente tacanhas, pequenos oficiais insuportáveis pela ignorância e grosseria, escrevinhadores lamentáveis, miseráveis jornalistas, que chegaram vestidos na moda, enluvados, com uma vaidade e uma altivez que para nós, de Petersburgo, são quase impensáveis, o que não é pouco. Chegaram mesmo a pensar em debochar de mim, mas eu me embriaguei com champanhe e fui me deitar numa peça ao lado. Tudo aquilo me repugnava de uma forma definitiva.

– *C'est un outchitel!*, dizia Blanche, *il a gagné deux cent mille francs*, e sem mim não saberia como gastá-los. Em seguida, retornará a seu trabalho. Por acaso alguém conhece alguma vaga disponível? É preciso arranjar alguma coisa para ele.

Eu recorria com freqüência ao champanhe, pois estava muito triste e me entediava horrivelmente. Vivia no ambiente o mais burguês e mercantilista possível, onde cada centavo era contado e pesado. Percebi que Blanche, durante os quinze primeiros dias, não conseguia me suportar. É verdade que me vestia elegantemente, chegava mesmo a fazer diariamente meu nó de gravata, mas no fundo me desprezava cordialmente. Eu não prestava a menor atenção a isso. Aborrecido e melancólico, eu saía de casa. Com freqüência ia ao *Château des Fleurs*, onde me embriagava regularmente todas as noites e aprendia o cancã (que lá se dança de um modo absolutamente indecente) e terminei por conquistar neste gênero uma certa celebridade. Enfim, Blanche entendeu o que deveria fazer. Ela havia imaginado de início que, durante o período de nossa ligação, eu a seguiria com um lápis e um papel na mão, anotando o que ela gastava, o que me roubava, o que gastaria e me roubaria. E estava convencida que deveria arrancar de mim, mesmo que fosse aos bofetões, cada moeda de dez francos. A cada um de meus supostos ataques, havia preparado uma resposta; como eu não passava ao ataque, quis tomar a iniciativa. Muitas vezes subia em suas tamancas, mas, vendo que eu me calava, muitas vezes arriado na espreguiçadeira a olhar fixamente o teto, ela acabava se surpreendendo. Acreditou inicialmente que eu era simplesmente um imbecil, *un outchitel*, e se limitava a interromper suas explicações, sem dúvida pensando: "É um imbecil, inútil meter-lhe uma pulga atrás da orelha caso não entenda por si só". Às vezes ela saía, depois retornava em dez minutos (isso acontecia quando fazia os gastos mais loucos, despesas que nossos recursos não permitiam: quando, por exemplo, ela trocou seus cavalos por uma parelha de dezesseis mil francos).

– Então, *bibi*, não estás chateado?, dizia ao se aproximar.

– N-não! Tu me entedias!, eu disse afastando-a com a mão, mas isso lhe pareceu tão curioso que sentou-se a meu lado.

– Veja, se aceitei pagar tão caro por eles, é porque se tratava de uma boa oportunidade. Podemos revender por vinte mil fracos.

– Acredito, acredito. São bons cavalos e tens agora uma magnífica parelha. Isso te será útil, não falemos mais sobre isso.

– Então não estás chateado?

– Por qual motivo? Tens razão em te suprir com o indispensável. Tudo isso te será útil mais tarde. Sinto que precisas realmente de uma boa base; de outro modo, não alcançarás o milhão. Nossos cem mil francos não passam de um início, uma gota de água no oceano.

Blanche, que esperava qualquer coisa, sobretudo gritos e reprimendas, e não considerações deste tipo, pareceu cair das nuvens:

– Então... então... eis aí como tu és! *Mais tu as l'esprit pour comprendre! Sais-tu, mon garçon*[76], que embora sejas *un outchitel* deverias ter nascido príncipe! Então, não te preocupa o fato de que nosso dinheiro esteja sumindo rapidamente?

– Não, ao diabo com este dinheiro, que suma o mais rápido possível!

– *Mais... sais-tu... mais dis donc*[77], por acaso és rico? *Mais, sais-tu*, desprezas demasiadamente o dinheiro. *Qu'est-ce que tu feras aprés, dis donc?* [78]

– Depois irei a Homburg, e aí ganharei mais cem mil francos.

– *Oui, oui, c'est ça, c'est magnifique!*[79] E tenho certeza de que ganharás e que trarás o dinheiro aqui. *Dis donc*, farás tão bem que acabarei te

[76] Mas tu és inteligente o bastante para compreender. Sabes, meu rapaz...

[77] Mas.. sabes... me diz um coisa...

[78] O que farás depois, me diz?

[79] Sim, sim, é isto, é magnífico!

amando de verdade! *Eh bien*, como és assim, te amarei durante todo este tempo e não cometerei contigo nenhuma infidelidade. Veja, nestes últimos tempos, eu não te amava, *parce que je croyais que tu n'étais qu'un outchitel (quelque chose comme un laquais, n'est-ce pas?)*[80] e assim me mantive fiel a ti, *parce que je suis bonne fille*[81].

– Vá contar para outro! E com Alberto, o oficialzinho mulato, acreditas que não vi, na última vez?

– *Oh! Oh! mais tu es...*

– Estás mentindo, mentindo, mas não penses que isso me aborrece. Estou pouco ligando; *il faut que jeunesse se passe.*[82] Não creio eu devas expulsá-lo, já que ele me precedeu e tu o amas. Apenas não admito que dês dinheiro a ele, entendes?

– Quer dizer que isso também não te choca? *Mais tu est un vrai philosophe, sais-tu? Un vrai philosophe!*, exclamou ela, entusiasmada. *Eh, bien, je t'aimerai... tu verras, tu seras content!*[83]

E de fato, depois deste dia, ela se apegou de alguma forma a mim, dando demonstração até mesmo de amizade. Assim transcorreram nossos dez últimos dias. Não vi as "estrelas" prometidas,

---

[80] ...porque eu acreditava que não eras mais do que um preceptor (algo assim como um lacaio, não é)

[81] ...porque eu sou uma boa moça.

[82] ...é preciso que mocidade passe.

[83] Sabes que tu és um verdadeiro filósofo? Um verdadeiro filósofo!... Eh, bem, eu te amarei... tu verás, serás feliz!

mas, num certo sentido, ela cumpriu sua palavra. Por outro lado, me apresentou Hortênsia, mulher extremamente notável no seu tipo e que chamávamos, em nosso círculo, de *Thérèse philosophe*.[84]

Quanto ao resto, não há hipótese de nos entendermos. Tudo isso poderia ser objeto de um relato à parte, com um colorido particular que não quero dar a esta narrativa. A verdade é que eu desejava com todas as minhas forças que tudo isso terminasse o mais rápido possível. Mas, como eu já o disse, nossos cem mil francos duraram quase um mês, o que me deixou surpreso. Blanche fez ao menos oitenta mil francos de compras; nós não gastamos vinte mil francos ao todo e para tudo e... foi o bastante. Blanche, ao final, estava quase inteiramente franca comigo (ao menos, não me mentia constantemente), reconhecendo que em todos os casos eu não tinha obrigação de responder por dívidas que fora obrigada a fazer.

– Eu não te entreguei faturas, nem letras de câmbio para assinar, me disse ela, pois tive pena de ti. Uma outra o faria com certeza e te mandaria para a prisão. Vês como fui boa e como te amei? Só que esse maldito casamento vai me custar um dinheiro maluco!

Pois tivemos realmente um casamento. Isso aconteceu de fato ao final de nosso mês e é fácil supor que neste momento os últimos restos de meus

---

[84] Teresa filósofa.

cem mil francos sumiram. Foi assim que terminou a história, quero dizer, nosso mês de vida comum; depois disso, oficialmente me retirei.

Eis como as coisas se passaram: oito horas após nos instalarmos em Paris, o general chegou. Ele se encaminhou diretamente à casa de Blanche e, desde a primeira visita, foi ficando conosco.

Para dizer a verdade, ele tinha em algum lugar um apartamento. Blanche o recebeu alegremente, com exclamações e risos, e chegou a se jogar em seu pescoço; isso chegou a tal ponto que foi ela quem o reteve. Era preciso acompanhá-lo por toda parte: aos bulevares, a passear, ao teatro, à casa de seus amigos. O general ainda estava à altura de sua patente; imponente, distinto, bela postura, os bigodes e as costeletas tingidas (havia servido nos couraceiros), com um belo rosto, ainda que um pouco flácido. Seus modos eram excelentes, portava o fraque com elegância. Em Paris, retirava suas condecorações. Era não apenas possível, mas, se podemos nos exprimir assim, recomendável passear nos bulevares em companhia de tal personagem.

O bravo e estúpido general estava nas nuvens. Não esperava tanto quando chegou em nossa casa. Quase tremia de medo, acreditando que Blanche iria tratá-lo aos berros e expulsá-lo. O rumo que os acontecimentos tomavam o encantava e ele passou todo este mês numa espécie de êxtase beatífico. Continuava assim quando o deixei. Foi só então que eu soube que após nossa partida brusca de Roulettenburg ele havia sofrido, naquela mesma manhã, uma espécie de ataque. Caiu inconsciente. Ficou como um louco durante toda a semana, não falando coisa com coisa. Curaram-no, mas súbito deixou tudo, tomou o trem e escapou para Paris. Nem é preciso dizer que a acolhida de Blanche foi para ele o melhor dos remédios, mas os sintomas da doença subsistiram por muito tempo, apesar de sua postura positiva. Era incapaz de refletir ou mesmo de seguir uma conversa séria; em tais casos, ele limitava-se a dizer: "Hum!", após cada palavra, balançando a cabeça. Era assim que ele se saía. Ria com freqüência, mas um riso nervoso, doentio. Muitas vezes ficava horas sombrio como a noite, enrugando suas vastas sobrancelhas. Certas coisas ele havia esquecido completamente. Tornara-se distraído, aproximando-se quase da indiferença, e dera para falar sozinho. Só Blanche poderia reconduzi-lo à vida. Seus acessos de mau humor, quando ele se recolhia a um canto, mostravam que ele não via Blanche há um bom tempo, ou que Blanche havia saído sem levá-lo, ou que ela havia esquecido de lhe fazer um carinho antes de sair. Ele não saberia dizer neste momento o que queria e chegava a ignorar que estava sombrio e melancólico. Quando permanecia imóvel por uma hora ou duas (fiz esta observação várias vezes, quando Blanche ausentou-se durante todo o dia, sem dúvida para encontrar com

Alberto), ele começou de súbito a olhar em torno, a se agitar, a se virar de um lado para outro, parecia querer lembrar-se de alguma coisa ou encontrar alguém. Mas, não vendo ninguém e sendo incapaz de lembrar-se o que queria pedir, ele recaía em sua inconsciência até que Blanche retornasse, alegre, viva, vestida conforme o melhor bom gosto, dando gargalhadas. Ela corria até ele, dava-lhe uma sacudidela, chegava a beijá-lo, favor, aliás, que poucas vezes lhe concedia. Certa vez o general ficou tão feliz ao vê-la que se desmanchou em lágrimas, o que me surpreendeu.

Blanche, desde a chegada do general, começou a defendê-lo. Era capaz até mesmo de extensos discursos, lembrava que ela o enganara por minha culpa, que era quase sua noiva, havia lhe dado sua palavra, que fora por ela que ele abandonara a família, motivo pelo qual, finalmente, eu estivera a seus serviços e eu deveria entender que... Enquanto ela falava de uma forma alucinada, eu não disse palavra. Por fim eu disparei a rir e as coisas ficaram assim, quer dizer, ela me tomou de início por um imbecil e depois fixou-se na idéia de que eu era um bom rapaz, dotado de um belo caráter. Numa palavra, tive a felicidade de merecer, ao final, a inteira benevolência desta digna senhorita (pois Blanche era realmente uma excelente moça... no seu gênero, bem entendido! De início eu não consegui apreciá-la em seu justo valor.)

– Tu és inteligente e bom, me dizia ela ao final, e... e... é pena que sejas tão bobo! Nunca, nunca tu ganharás nada! *Un vrai Russe, un Kalmouk!*[85]

Por várias vezes ela fez com que eu fosse passear com o general, assim como poderia enviar um lacaio a tomar um ar com sua fêmea de galgo. Eu o levei ao teatro, ao *Bal Mabille* e em restaurantes. Blanche me dava dinheiro para estas saídas, ainda que o general o tivesse e gostasse muito de tirar sua carteira em público. Um dia, quase fui obrigado a empregar a força para impedir que comprasse um broche de setecentos francos que vira no Palais-Royal e que pretendia a toda força dar de presente a Blanche. O que era um broche de setecentos francos para ela? O general tinha ao todo – e para tudo – setecentos francos. Jamais consegui saber como eles chegaram a ele. Suponho que os recebeu de Mr. Astley, da mesma forma que este havia pago suas contas no hotel.

Pelo modo como me tratou durante todo aquele período, creio que o general sequer desconfiou de minhas relações com Blanche. Entendera, de um modo confuso, que eu havia ganho uma fortuna, mas supunha que eu estava na casa de Blanche a título de secretário particular ou talvez como criado. De qualquer forma, continuava a me falar de cima para

---

[85] Um verdadeiro russo, um Kalmouk! (Calmucos são os mongóis ocidentais, ou oirates, que fundaram no século XVII o império dos Dzungária.)

baixo, com um tom de quem dá ordens, e se permitia algumas vezes me repreender. Certa manhã, quando tomávamos café, ele nos divertiu muito, a Blanche e a mim. Não sendo muito suscetível, era difícil saber por que, de súbito, minha presença o ofendia. Ainda não entendi. Ele próprio não o saberia certamente dizer. Em resumo, ele entabulou um discurso sem pé nem cabeça, *à bâtons rompus*[86], gritou que eu era um moleque, que me ensinaria o que é a vida... faria com que eu compreendesse... etc., etc. Mas ninguém conseguiu entender nada. Blanche rebentava de tanto rir; enfim, nós o acalmamos de qualquer maneira e o levamos a dar uma volta. Notei por várias vezes que ele sofria de acessos de tristeza, queixava-se de algo ou de alguém, alegava que lhe faltava alguém, apesar da presença de Blanche. Por duas ou três vezes me fez de confidente, mas nada consegui tirar de objetivo: falava do serviço, de sua falecida mulher, de suas funções, de sua fortuna. Fixava-se em alguma palavra que lhe agradava e a repetia cem vezes por dia, ainda que ela não exprimisse nem seus sentimentos nem seus pensamentos. Tentei conduzir a conversa na direção de seus filhos, mas ele se pôs então a tagarelar com loquacidade, como antes, e passou a um outro assunto.

– Sim, sim, as crianças, você tem razão, as crianças!

---

[86] Por diversas vezes, com insistência.

Somente uma vez ele se comoveu, quando íamos ao teatro:

– São crianças infelizes, começou de súbito, sim, senhor, sim, são crianças infelizes! E muitas vezes, durante aquela noite, ele repetiu: "Crianças infelizes!".

Quando eu tentei lhe falar de Paulina, ele entrou em fúria.

– É uma menina ingrata!, exclamou. Má e ingrata! Desonrou sua família! Caso aqui houvesse lei, eu a domaria! Sim, sim!

Quanto a Des Grieux, não conseguia nem mesmo ouvir pronunciarem seu nome:

– Ele me destruiu, disse ele, me delapidou, me degolou! Este foi meu pesadelo durante dois anos! Sonhei com ele durante meses inteiros! É... é... Oh, jamais me fale a respeito dele!

Eu percebia que um acordo havia sido feito entre eles, mas eu me calava, como é meu costume. Blanche foi a primeira a me explicar, exatamente oito dias antes de nos separarmos.

– *Il a des chances*[87], segredou; *babouchka* está na verdade doente e morrerá a qualquer momento, conforme o telegrama que Mr. Astley nos enviou. Enfim é o seu herdeiro, convenhamos. E mesmo que não o seja, isso não me atingirá de modo algum. Ele tem sua pensão e, depois, morará no quarto dos fundos, onde poderá ser perfeitamente feliz. Eu serei a

---

[87] Ele tem alguma chance.

"*madame la Générale*". Manterei meus acessos à boa sociedade (era o sonho de Blanche), em seguida, serei uma proprietária russa, *j'aurai un château, des moujiks, et puis j'aurai toujours mon million!*[88]

– E ele começará com seus ciúmes, a exigir... Deus sabe lá... compreendes?

– Oh, não, não! Ele não ousaria! Tomei meus cuidados, fique tranqüilo! Já fiz com que ele assinasse várias promissórias em nome de Alberto. À menor veleidade... ele será imediatamente punido... mas ele não ousará.

– Então, case com ele...

Fez-se um casamento sem muita solenidade, simples, em família. Alberto e outras pessoas próximas foram convidadas. Hortênsia, Cleópatra e as outras foram decididamente descartadas. O noivo levou muito a sério o seu papel. Blanche fez ela mesma o nó de sua gravata e o maquiou. De fraque e colete branco, ele tinha um aspecto *très comme il faut*.

– *Il est pourtant très comme il faut*[89], me declarou Blanche saindo do quarto do general, como se esta idéia a comovesse.

Como eu não entrava em detalhes e não tomava parte de tudo aquilo a não ser como mero espectador indiferente, esqueci em grande parte o que então se passou. Lembro-me apenas que se descobriu que Blanche não se chamava de modo algum de

---

[88] ...terei um castelo, mujiques, e terei afinal meu milhão.

[89] ...bem como deve ser... – Ele está bem como deve ser.

Cominges (nem sua mãe senhora viúva Cominges), mas du Placet. Por que as duas teriam retomado este nome precisamente neste dia... eu o ignoro. Mas o general se mostrava radiante, e du Placet lhe agradava mais ainda do que de Cominges. Na manhã do casamento, já inteiramente vestido, ele percorria o salão com passadas largas e repetia sem parar, com um ar extremamente sério: "*Mademoiselle Blanche du Placet! Blanche du Placet! du Placet! Mademouazelle Blanca diou Placette!...*", e um certo ar de auto-suficiência brilhava em seu rosto. Na igreja, na prefeitura e em casa, após o lanche, ele parecia não apenas feliz como confiante. Algo acontecera entre os dois. Blanche também começava a tomar ares de dignidade.

– É preciso que eu me porte agora de um modo inteiramente diferente, me disse ela com a maior seriedade; *mais, vois-tu*, há uma coisa muito desagradável na qual eu nem cheguei a pensar: imagine que não consigo lembrar de meu nome de família! Zagorianski, Zagorianski, *madame la générale de Sago... Sago... ces diable de noms russes! Enfin, madame la générale à quatorze consonnes! Comme c'est agréable, n'est-ce pas?* [90]

Enfim, nos separamos, e Blanche, esta tola da Blanche, derramou até algumas lágrimas ao me dizer adeus.

---

[90] Senhora a generala de Sago... estes nomes russos dos diabos! Enfim, senhora generala em quatorze consoantes! Como é agradável, não é?

– *Tu étais bom enfant*, me disse ela choramingando. *Je te croyais bête et tu en avais l'air*[91], mas te cai bem.

Depois de ter apertado a mão uma última vez, ela gritou de repente: "Espera!". Precipitou-se na direção de seu quarto e voltou depois de um instante com duas cédulas de mil francos. Eu jamais acreditaria nisso!

– Toma, isso te fará bem; tu és talvez muito instruído como *outchitel*, mas, como homem, tu és estúpido. Não te darei mais, pois perderás tudo de qualquer modo. Então, adeus! *Nous serons toujours bons amis*. Se ganhares mais, me procura sem falta, *et tu seras heureux*![92]

Restavam-me ainda uns quinhentos francos. Tenho ainda um belo relógio que vale mil francos e abotoaduras com brilhantes. Posso viver ainda um bom tempo sem me preocupar com nada. Instalei-me nesta cidadezinha desagradável procurando colocar em ordem meus pensamentos e, sobretudo, esperar por Mr. Astley. Soube de fonte segura que ele deve passar por aqui e permanecer vinte e quatro horas a negócios. Saberei... e depois... depois, irei diretamente para Homburg. Não voltarei a Roulettenburg, ao menos não antes do próximo ano. Dizem ser um cálculo errado tentar a sorte duas vezes na mesma mesa e, em Homburg, se joga para valer.

---

[91] Eras um bom menino... Te imaginava um estúpido e tinhas o jeito.

[92] Seremos sempre bons amigos... e tu serás feliz!

Capítulo XVII

Há vinte meses não olho estas notas. Somente hoje, para me distrair de minha angústia e de minha tristeza, ocorreu-me relê-las. Parei em minha partida para Homburg, meu Deus! Com que leveza de coração escrevi, comparativamente falando, estas últimas linhas. Senão com o coração leve, ao menos com alguma presunção, certa esperança inabalável. Alimentava acaso alguma dúvida de mim mesmo? Agora, passaram-se mais de dezoito meses, e eu estou, a meu ver, numa situação pior do que a de um mendigo. E por que um mendigo? Estou pouco ligando para a mendicância! Perdi tudo da maneira mais singela. Ademais, isso não pode quase se comparar a nada e não vou fazer um discurso moralista. Não há nada de mais absurdo do que a moral num momento como este. Oh, as pessoas contentes consigo mesmas! Com que vaidosa presunção estas tagarelas estão prestes a emitir seus julgamentos. Caso soubessem o quanto estou consciente da abominação de minha situação presente, não encontrariam mais palavras para me dar lições. E o que imaginam que possam me dizer que eu já não saiba? Esse é o ponto! O que há de certo, é... que numa única volta da roleta tudo pode mudar, e estes mesmos moralistas serão os primeiros a virem (estou certo disso) me felicitar amigavelmente. Não me evitarão mais como o fazem no momento. Mas eu cuspo em todos estes sujeitos. Quem sou eu no momento? Um zero. Que posso ser amanhã? Posso ressuscitar dos mortos e recomeçar a viver. Posso descobrir o homem em mim, antes que esteja perdido.

Parti realmente para Homburg, mas... passei por Roulettenburg, em Spa, e mesmo em Baden, onde acompanhei como criado de quarto o conselheiro Hinze, um patife que foi meu patrão aqui. Sim, fui um lacaio durante cinco meses! Isso aconteceu logo depois da prisão. (Pois fui levado à prisão por dívidas em Roulettenburg. Um desconhecido pagou para mim. Quem foi? Mr. Astley? Paulina? Não sei, mas minha dívida foi paga: duzentos táleres ao todo – e me colocaram em liberdade.) Onde poderia ir? Foi então que me liguei a este Hinze. É um jovem cabeça-de-vento que adora a malandragem, e eu sei falar e escrever em três línguas. De início, eu era algo como seu secretário e recebia trinta florins por mês; mas, ao final, tornei-me na verdade seu criado: ele não tinha mais condições de manter um secretário e diminuiu meus vencimentos. Eu não tinha para onde ir, então fiquei e me transformei assim em lacaio. A seu serviço, eu não comia nem bebia o que bem entendia, mas, por outro lado, juntei setenta florins em cinco meses. Uma noite, em Baden, eu lhe comuniquei que desejava deixá-lo. Naquela mesma noite, fui à roleta. Oh, como o meu coração batia! Não, não era no dinheiro que eu pensava. Queria apenas que a partir do dia seguinte todos estes Hinze, todos estes gerentes de hotel, todas estas belas mulheres de Baden, falassem de mim, contando minha história, admirando-me, cumprimentando-me e se inclinando diante da minha nova sorte no jogo. Eram sonhos e preocupações de criança... mas... quem sabe? talvez assim eu reencontrasse Paulina, lhe contaria minhas aventuras e ela perceberia que estou acima de todos estes absurdos golpes de sorte... Oh, não, não era no dinheiro que eu pensava! Estou convencido que o entregaria à rapinagem de uma Blanche qualquer e novamente me exibiria em Paris durante três semanas, puxado por uma parelha de cavalos comprados por dezesseis mil francos. Sei muito bem que não sou avaro. Acho mesmo que sou pródigo... e portanto, com que emoção, que aperto no coração eu ouvia os anúncios do crupiê: *trente et un, rouge, impair et passe* ou: *quatre, noir, pair et manque!* Com que avidez eu olhava a mesa de jogo, na qual são esparramados luíses de ouro, fredericos e táleres, as pilhas de peças de ouro que desmancham sob o rodo do crupiê em montes reluzentes como brasa, ou as longas pilhas de moedas de prata que contornam a roleta. Antes mesmo de alcançar a sala de jogos, só de ouvir o tilintar das moedas, eu me sinto prestes a desfalecer.

Aquela noite em que fui com meus setenta florins para a mesa de jogo foi prodigiosa. Comecei com dez florins, que coloquei sobre o *passe*. Tive um pressentimento favorável ao *passe*. Perdi. Restavam-me sessenta florins em peças de prata. Refleti... e lancei um olhar na direção do *zero*. Coloquei cinco florins de cada vez sobre o *zero*. Na terceira rodada, o *zero* saiu. Pensei que ia morrer de alegria ao receber cento e setenta e cinco florins. Não me sentira tão feliz desde que ganhara cem mil. Apostei de imediato cem florins no *rouge*... e ganhei. Quatrocentos no *noir*... e ganhei. Oitocentos no *manque*... ganhei mais uma vez. Eu tinha agora mil e setecentos florins ao todo... e isso se dera em menos de cinco minutos! Nestes momentos a gente esquece todos os fracassos passados! Pois consegui aquilo arriscando mais do que minha vida, ousei assumir um risco e... lá estava eu de novo arrolado entre os homens.

Aluguei um quarto no hotel, me tranquei nele a chave, e fiquei até as três horas contando meu dinheiro. Quando me acordei, já não era um lacaio. Decidi partir naquele mesmo dia para Homburg: lá eu não havia estado a serviço e não amargara uma prisão. Uma hora antes da saída do trem, retornei ao jogo, por duas vezes, não mais, e perdi mil e quinhentos florins. Parti assim mesmo para Homburg, onde estou há dois meses...

Vivo numa angústia contínua. Jogo pouco de cada vez e espero, faço cálculos, fico dias inteiros perto da mesa de jogo, a observar, chego a sonhar com o jogo... no entanto, parece-me que eu endureci, que eu afundei no lodo. Deduzo isso da impressão que me causou o reencontro com Mr. Astley. Não nos havíamos visto ainda e nos encontramos por acaso. Eis como. Eu caminhava pelo jardim e matutava que estava quase sem dinheiro, mas que me sobravam cinqüenta florins e, além disso, eu já havia pago na véspera a conta de meu quartinho no hotel. Restava-me então a possibilidade de ir jogar apenas uma vez na roleta: caso ganhasse, por pouco que fosse, poderia continuar a jogar; caso perdesse... seria obrigado a me empregar de novo como lacaio, a não ser que encontrasse de imediato uma família russa precisando de um preceptor... Ocupado com esta idéia, fazia minha caminhada cotidiana, através do parque e da floresta, no principado vizinho. Eu andava algumas vezes quatro horas em seguida e voltava a Homburg exausto e faminto. Acabara de entrar no parque, quando vi Mr. Astley sentado num banco. Ele me viu antes e me chamou. Sentei-me ao lado dele. Vendo seu rosto por demais grave, moderei de imediato minha alegria; eu estava radiante em encontrá-lo.

– Então, está aqui? Eu bem que pensava em reencontrá-lo, me disse ele. Não vale a pena me contar; eu sei tudo, eu sei tudo. Conheço toda a sua vida nestes últimos vinte meses.

– Ah, que coisa! É desta forma que vigia seus velhos amigos!, respondi a ele. Isso o honra, não é de esquecer... Espere, o senhor me faz pensar numa coisa: não foi o senhor que me tirou da prisão em Roulettenburg onde eu estava por causa de uma dívida de duzentos florins? Um desconhecido pagou por mim.

– Não, não, não foi eu, mas sei que esteve na prisão por causa de dívidas em Roulettenburg.

– Então sabe quem fez com que eu fosse libertado?

– Não, não posso dizer que o sei.

– É estranho. Não conheço nenhum dos russos daqui e, ademais, não é razoável que algum deles fosse me prestar este serviço. É apenas lá, na Rússia, que os ortodoxos resgatam seus irmãos. Foi por isso que pensei que fosse algum sujeito metido a original, um inglês, digamos, por excentricidade.

Mr. Astley escutou com um certo espanto. Ele esperava certamente me encontrar triste e abatido.

– Seja como for, estou contente por encontrá-lo com toda sua independência de espírito e mesmo sua alegria, disse ele com um modo bastante áspero.

– Quer dizer que, no íntimo, o senhor está um tanto decepcionado por não me encontrar abatido e humilhado, eu disse rindo.

Ele não entendeu de pronto, mas, assim que se deu conta, começou a sorrir.

– Suas observações me divertem. Reconheço nestas palavras meu velho amigo de outros tempos, entusiasta, inteligente e mesmo um tanto cínico; somente os russos podem abrigar dentro de si tantas contradições. É verdade que o homem adora ver seu melhor amigo humilhado a sua frente; é na humilhação que repousa freqüentemente a amizade. Trata-se de uma verdade antiga, conhecida por todas as pessoas inteligentes. Mas, no caso presente, garanto que estou sinceramente feliz por não encontrá-lo abatido. Diga, não tem a intenção de desistir do jogo?

– Oh, ao diabo com o jogo! Desistirei dele de imediato, se...

– ... recuperar agora seu dinheiro? É o que eu pensava, não precisa explicar... eu sei... você disse isso sem refletir... por isso disse a verdade. Diga-me, deixando o jogo de lado, o amigo não se dedica a mais nada?

– Não...

Ele me submeteu a um verdadeiro exame. Eu não sabia de nada, mal havia olhado os jornais e não havia aberto um livro durante todo aquele tempo.

– Você endureceu, observou ele, não apenas se afastou da vida, de seus próprios interesses, dos interesses da sociedade, de seus deveres de homem e de cidadão, de vossos amigos (pois tem amigos), não apenas se afastou de todo objetivo que não seja ganhar dinheiro, mas se afastou até mesmo de suas lembranças... Lembro-me de você numa época apaixonada e intensa de sua vida, mas estou certo que esqueceu suas melhores lembranças daquele período; seus sonhos, seus desejos cotidianos não vão no momento muito além de *pair* e *impair*, *rouge*, *noir*, os doze números do meio, etc.. etc. Estou convencido disso.

– Basta, Mr. Astley, eu lhe peço, por favor, não me fale do passado!, exclamei com mau humor, quase colérico. Saiba que não esqueci de coisa alguma, mas afastei tudo isso de meu espírito por uns tempos, mesmo minhas lembranças... esperando restabelecer completamente minha situação; então... então, o senhor verá, ressuscitarei dos mortos!

– Ainda estará aqui dentro de dez anos, me disse ele. Aposto que eu o chamarei para conversarmos aqui deste mesmo banco, caso eu ainda esteja vivo.

– Está bem, agora chega, o interrompi com impaciência. E para provar ao senhor que não sou assim tão esquecido, permita que eu lhe pergunte onde se encontra no momento *miss* Paulina. Se não foi o senhor quem pagou minhas dívidas, foi certamente ela. Nunca mais tive notícias dela.

– Não, não! Não imagino que tenha sido ela quem pagou suas dívidas. Ela está na Suíça e o amigo me fará um favor não me fazendo outras perguntas a respeito de *miss* Paulina, disse ele num tom peremptório e mesmo enfurecido.

– Então ela feriu profundamente ao senhor também?, observei, começando a rir, embora sem querer.

– Paulina é o melhor ser de todos os seres mais dignos de estima, mas, eu repito, o senhor me faria um grande prazer parando de perguntar a respeito dela. O senhor nunca a conheceu, e considero seu nome em sua boca como uma ofensa a meu senso moral.

– Verdade? O senhor está enganado. Aliás, a respeito de qual outro assunto eu poderia conversar com o senhor. Percebe? Todas as nossas lembranças confluem para este ponto. Não se preocupe, eu não tenho nenhuma necessidade de conhecer suas histórias íntimas. Eu me interesso apenas, se é possível dizer, pela situação externa de *miss* Paulina, às condições externas nas quais ela se encontra no momento. Isso é possível dizer em duas palavras.

– Que seja, desde que, após estas duas palavras, fiquemos por aí. Paulina ficou por muito tempo doente e ainda está. Morou durante algum tempo com minha mãe e minha irmã, no norte da Inglaterra. Há seis meses, sua avó (o senhor lembra, aquela mulher completamente louca) morreu e lhe deixou sete mil libras. No momento, Paulina viaja com a família de minha irmã, que é casada. O testamento da vovó garante igualmente seu irmãozinho e sua irmãzinha que estudam em Londres. O general, seu padrasto, morreu há um mês, em Paris, de um ataque de apoplexia. A senhorita Blanche tratou dele muito bem, e conseguiu passar para seu nome tudo que ele havia recebido da vovó. Acho que é tudo.

– E Des Grieux? Não está viajando também pela Suíça?

– Não, Des Grieux não viaja pela Suíça e não sei onde ele está. Ademais, aconselho que o senhor, de uma vez por todas, evite este gênero de alusão e de comparação fora de propósito. Caso contrário, terá problemas comigo.

– O quê? Apesar de nossa antiga amizade?

– Sim...

– Eu lhe peço mil vezes perdão, Mr. Astley. Mas me permita, no entanto, lhe dizer que não há no que digo nada fora de propósito. Não acuso Paulina de coisa alguma. Além disso... um francês e uma senhorita russa, falando de um modo geral, eis um relacionamento que nem o senhor nem eu podemos nem esclarecer nem compreender completamente.

– Se o senhor não associar o nome de Des Grieux a um outro nome, eu lhe pedirei para que me explique o que entende pela expressão "um francês e uma senhorita russa". Que "relacionamento" é este? Por que precisamente um francês e uma senhorita russa?

– Veja, isso lhe interessa. Mas é uma longa história, Mr. Astley. Há uma série de coisas que precisariam ser levadas em conta. De resto, é um problema grave, por mais cômico que possa parecer à primeira vista. O francês, Mr. Astley, é uma forma acabada e elegante. Como britânico, não deve pensar assim. Eu, enquanto russo, não penso assim tampouco, não fosse por ciúmes. Mas nossas mulheres pensam talvez de outra maneira. Racine[93] pode lhe parecer afetado, amaneirado, perfumado e mesmo ridículo de um certo ponto de vista. Mas ele é charmoso, Mr. Astley, e, sobretudo, é um grande poeta, queiramos ou não. A forma nacional do francês, quer dizer, do parisiense, foi fundida num molde elegante quando nós ainda éramos ursos. A revolução herdou a nobreza. Hoje, o mais modesto dos franceses pode ter maneiras, atitudes, expressões e mesmo idéias de uma forma perfeitamente elegante, sem que sua iniciativa, sua alma ou seu coração tomem parte nisso. Tudo isso lhe foi transmitido por herança. Por eles mesmos, podem ser as criaturas mais vazias e mais vis que existam. Ora, eu lhe digo agora, Mr. Astley, que não há no mundo um ser mais aberto e confiante do que uma jovem russa, boa, inteligente mas não muito sabedora das boas maneiras. Um Des Grieux, surgindo não importa em que papel, sob uma máscara, pode conquistar seu coração com uma incrível facilidade. Ele dispõe de uma forma elegante, Mr. Astley, e a moça imagina que esta forma seja sua alma, a forma natural de sua alma e de seu coração, e não apenas um hábito que recebeu por herança. Para aumentar ainda mais seu desagrado, devo lhe confessar que os

---

[93] Jean Baptiste Racine (1639-1699), poeta trágico francês, teve carreira brilhante pela ousadia e espírito mordaz. Suas peças são consideradas um modelo de tragédia clássica.

ingleses, freqüentemente, são afetados e despidos de elegância. Ora, os russos sabem instintivamente discernir a beleza e são ávidos por ela. Mas, para distinguir a beleza da alma e a originalidade da personalidade, é preciso incomparavelmente muito mais independência e liberdade do que têm as nossas mulheres, com mais razão nossas jovens, e, em todos os casos, mais experiência. Miss Paulina (perdoe-me, seu nome me escapou), gastou um longo tempo para resolver se preferia o senhor ou um patife como Des Grieux. Ela vos estima, será sua amiga, ela lhe abrirá inteiramente o coração. Mas neste coração no entanto reinará este patife detestável, este vil e mesquinho agiota chamado Des Grieux. Isso durará até mesmo por teimosia, por assim dizer, por amor-próprio, pois este mesmo Des Grieux lhe surgiu um dia sob a auréola de um marquês elegante, de um liberal desiludido, dizendo-se arruinado por ter pretendido ajudar a sua família e a este atordoado general. Todas estas manobras foram desmistificadas em seguida. Mas pouco importa, devolvam-lhe o Des Grieux de outros tempos, é o que ela deseja! E quanto mais ela deteste o Des Grieux de hoje, mas lamenta pelo antigo, ainda que este último tenha existido só em sua imaginação. O senhor é refinador, Mr. Astley?

– Sim, eu sou comanditário da grande refinaria Lowel & Cia.

– Ah, então veja, Mr. Astley. De um lado, um refinador e, de outro... o Apolo de Belvedere. Não combinam. E eu, que não sou nem mesmo refinador, que não passo de um pequeno jogador de roleta e fui até mesmo criado, o que Paulina certamente já sabe, pois ela parece ter informantes de boa qualidade.

– O senhor está irritado, motivo pelo qual diz todas estas tolices, disse Mr. Astley com frieza, depois de refletir por alguns instantes. Além disso, suas palavras carecem de originalidade.

– Certo! Justamente, o que há de assustador neste caso, meu nobre amigo, é que todas as minhas acusações, por mais arcaicas, mais rasteiras e próprias do *vaudeville*[94] que possam ser, são no entanto verdadeiras! Mesmo assim, não conseguimos nada, nós dois.

– É uma abominação e uma tolice... pois... saiba que, gritou Mr. Astley, a voz tremendo e os olhos brilhantes, saiba que, homem ingrato, indigno, mesquinho e infeliz, que vim a Homburg por ordem dela, para ver o senhor, para falar com o senhor longamente, de coração aberto, e lhe transmitir todos... seus sentimentos, seus pensamentos, suas esperanças e... suas lembranças!

– Isso é verdade? Verdade mesmo?, exclamei enquanto grossas lágrimas jorravam de meus olhos. Não consegui contê-las e creio que foi a primeira vez em minha vida.

---

[94] Comédia teatral leve e movimentada.

– Sim, infeliz, ela o amava, eu posso agora lhe dizer já que é um homem perdido! Mais ainda, se lhe digo que ela ainda o ama, o senhor... permanecerá assim mesmo aqui! Sim, está perdido! Tem determinadas atitudes, um caráter vivo, e não é mau. O senhor poderia mesmo ter sido útil a seu país, que tem tanta necessidade de homens, mas... permanece aqui e sua vida está acabada. Não o censuro. A meu ver, todos os russos são assim, ao menos inclinados a ser assim. Se não fosse a roleta, seria outra coisa qualquer. As exceções são muito raras. Não é o primeiro a ignorar o trabalho (não falo de seu povo). A roleta é um jogo russo por excelência. Até o momento, o senhor tem sido honesto e tem preferido servir como lacaio do que roubar... mas tremo ao pensar no que poderá lhe acontecer no futuro. Acabou-se, adeus! Precisa de dinheiro, é claro! Aqui estão dez luíses de ouro. Não lhe darei mais do que isso, pois irá perdê-los de qualquer modo. Tome e adeus! Tome!

– Não, Mr. Astley, depois de tudo que acabamos de conversar...

– Tome!, gritou ele. Estou certo de que o senhor ainda guarda alguma nobreza e lhe dou este dinheiro como um amigo pode dá-lo a um outro amigo. Se pudesse ter certeza de que o senhor renunciaria imediatamente ao jogo, em Homburg, e retornaria a seu país, estaria disposto a lhe dar de imediato mil libras para começar uma nova carreira. Mas, se lhe dou dez luíses de ouro no lugar de mil libras, é por que para o senhor, atualmente, mil libras ou dez luíses de ouro é a mesma coisa. Irá perdê-los. Tome e adeus!

– Eu aceito, caso me permita lhe dar um abraço.

– Com prazer.

Abraçamo-nos cordialmente e Mr. Astley partiu.

Não, ele está enganado! Se fui agressivo e estúpido a propósito de Paulina e Des Grieux, ele foi agressivo e estúpido a propósito dos russos. No que me concerne, não digo nada. Aliás... aliás, por enquanto, não é de modo algum disso que se trata: tudo isso não passa de palavras, palavras, e são necessários atos! O essencial, agora, é a Suíça. Amanhã... oh! se eu pudesse partir amanhã! Renascer, ressuscitar! É preciso provar a eles... que Paulina sabe que eu ainda posso ser um homem. Bastaria... aliás, agora é muito tarde, mas amanhã... Oh, tenho um pressentimento e não poderá ser de outro modo. Tenho agora quinze luíses e comecei com quinze florins! Se iniciar com alguma cautela... Será possível que eu seja apenas uma criança? Será que não compreendo que sou um homem perdido? Mas... por que não poderei então ressuscitar? Sim! Bastará, uma vez em minha vida, ser prudente, paciente e... só isso! Bastaria, só uma vez, ter caráter e, em uma hora, posso mudar inteiramente meu destino. O essencial é o caráter. É só levar em conta o que me aconteceu há sete meses em Roulettenburg, antes de me arruinar inteiramente. Oh, foi um notável exemplo de decisão! Eu havia perdido tudo, tudo... Saio do cassino, olho... um florim vagava ainda no bolso de meu colete: "Ah, ainda me resta com o que jantar!", disse a mim mesmo, mas, antes de dar uma centena de passos, mudei de idéia e retornei. Coloquei o florim sobre *manque* (desta vez foi sobre *manque*) e, na verdade, experimenta-se uma sensação particular quando, só, num país estrangeiro, longe de sua pátria, de seus amigos, sem saber o que se irá comer naquele dia, arriscamos nosso último florim, o último, o último! Ganhei e, vinte minutos mais tarde, saí do cassino com cento e setenta florins no bolso. Eis o que pode significar o último florim. E se eu me deixasse abater, se não tivesse tido a coragem de tomar aquela decisão?...

Amanhã, amanhã, tudo acabará!...

Coleção L&PM POCKET

1. **Todas as histórias do Analista de Bagé** – Luis Fernando Verissimo
2. **Poesias** – Fernando Pessoa
3. **O livro dos sonetos** – org. Sergio Faraco
4. **Hamlet** – Shakespeare – trad. Millôr Fernandes
5. **Isadora, fragmentos autobiográficos** – Isadora Duncan
6. **Histórias sicilianas** – Giuseppe di Lampedusa
7. **O relato de Arthur Gordon Pym** – Edgar Allan Poe
8. **A mulher mais linda da cidade** – C. Bukowski
9. **O fim de Montezuma** – Hernan Cortez
10. **A ninfomania** – D. T. Bienville
11. **As aventuras de Robinson Crusoé** – Daniel Defoe
12. **Histórias de amor** – A. Bioy Casares
13. **Armadilha mortal** – Roberto Arlt
14. **Contos de fantasmas** – Daniel Defoe
15. **Os pintores cubistas** – G. Apollinaire
16. **A morte de Ivan Ilitch** – L.Tolstoi
17. **A desobediência civil** – David Henry Thoreau
18. **Liberdade, liberdade** – Flávio Rangel e Millôr Fernandes
19. **Cem sonetos de amor** – Pablo Neruda
20. **Mulheres** – Eduardo Galeano
21. **Cartas a Théo** – Van Gogh
22. **Don Juan, o convidado de pedra** – Molière – Tradução e adaptação de Millôr Fernandes
23. **A mulher do Silva** – L. F. Verissimo
24. **Contos fantásticos: Horla & outras histórias** – Guy de Maupassant
25. **O caso de Charles Dexter Ward** – H. P. Lovecraft
26. **Vathek** – William Beckford
27. **Hai-Kais** – Millôr Fernandes
28. **Adeus, minha adorada** – Raymond Chandler
29. **Cartas portuguesas** – Mariana Alcoforado
30. **A mensageira das violetas** – Sonetos – Florbela Espanca
31. **Espumas flutuantes** – Castro Alves
32. **Dom Casmurro** – Machado de Assis
33. **Ed Mort - todas as histórias** – Luis Fernando Verissimo
34. **Alves & Cia.** – Eça de Queiroz
35. **Uma temporada no inferno** – Arthur Rimbaud

36. **A correspondência de Fradique Mendes vol.1 – Memórias e notas** – Eça de Queiroz
37. **A correspondência de Fradique Mendes vol. 2 – As cartas** – Eça de Queiroz
38. **Antologia poética** – Olavo Bilac – Seleção de Paulo Hecker Fº
39. **Rei Lear** – W. Shakespeare – Trad. de Millôr Fernandes
40. **Memórias póstumas de Brás Cubas** – Machado de Assis
41. **Que loucura!** – Woody Allen
42. **O duelo** – Casanova
43. **A mãe do Freud** – Luis Fernando Verissimo
44. **Gentidades** – Darcy Ribeiro
45. **Memórias de um Sargento de Milícias** – Manuel Antônio de Almeida
46. **Os escravos** – Castro Alves
47. **O desejo pego pelo rabo** – Pablo Picasso
48. **Os inimigos** – Máximo Gorki
49. **O colar de veludo** – Alexandre Dumas
50. **Livro dos bichos** – Org. de Sergio Faraco
51. **Quincas Borba** – Machado de Assis
52. **O marido do Dr. Pompeu** – Luis Fernando Verissimo
53. **O exército de um homem só** – Moacyr Scliar
54. **Frankenstein** – Mary Shelley
55. **Dom Segundo Sombra** – Ricardo Güiraldes
56. **De vagões e vagabundos** – Jack London
57. **O homem bicentenário** – Isaac Asimov
58. **A viuvinha** – José de Alencar
59. **Livro das cortesãs** – Org. de Sergio Faraco
60. **Últimos poemas** – Pablo Neruda
61. **A moreninha** – Joaquim Manuel de Macedo
62. **Cinco minutos** – José de Alencar
63. **Saber envelhecer e a amizade** – Cícero
64. **Enquanto a noite não chega** – Josué Guimarães
65. **Tufão** – Joseph Conrad
66. **Aurélia** – Gérard de Nerval
67. **I-Juca-Pirama** *seguido de* **Os Timbiras** – Gonçalves Dias
68. **Fábulas de Esopo**
69. **Teresa Filósofa** – Anônimo do Séc. XVIII
70. **Aventuras inéditas de Sherlock Holmes** – A. C. Doyle
71. **Antologia poética** – Mario Quintana
72. **Antes e depois** – Paul Gauguin

73. **A morte de Olivier Bécaille** – Émile Zola
74. **Iracema** – José de Alencar
75. **Iaiá Garcia** – Machado de Assis
76. **Utopia** – Tomás Morus
77. **Sonetos para amar o amor** – Luis Vaz de Camões
78. **Carmem** – Prosper Mérimée
79. **Senhora** – José de Alencar
80. **Hagar, o horrível 1** – Dik Browne
81. **O coração das trevas** – Joseph Conrad
82. **Um estudo em vermelho** – Sir Arthur Conan Doyle
83. **Todos os sonetos** – Augusto dos Anjos
84. **A propriedade é um roubo** – P.-J. Proudhon
85. **Drácula** – Bram Stoker
86. **O marido complacente** – Marquês de Sade
87. **De profundis** – Oscar Wilde
88. **Sem plumas** – Woody Allen
89. **Os bruzundangas** – Lima Barreto
90. **O cão dos Baskervilles** – Sir Arthur Conan Doyle
91. **Paraísos artificiais** – Charles Baudelaire
92. **Cândido, ou o otimismo** – Voltaire
93. **Triste fim de Policarpo Quaresma** – Lima Barreto
94. **Amor de perdição** – Camilo Castelo Branco
95. **Megera domada** – William Shakespeare – Tradução de Millôr Fernandes
96. **O mulato** – Aluísio Azevedo
97. **O alienista** – Machado de Assis
98. **O livro dos sonhos** – Jack Kerouac
99. **Noite na taverna** – Álvares de Azevedo
100. **Aura** – Carlos Fuentes
101. **O suicida e o computador** – Luis Fernando Verissimo
102. **Contos gauchescos e lendas do sul** – Simões Lopes Neto
103. **O cortiço** – Aluísio Azevedo
104. **Marília de Dirceu** – Tomás Antônio Gonzaga
105. **O Primo Basílio** – Eça de Queiroz
106. **O ateneu** – Raul Pompéia
107. **Um escândalo na Boêmia** – Sir Arthur Conan Doyle
108. **Contos** – Machado de Assis
109. **200 Sonetos** – Luis Vaz de Camões
110. **O príncipe** – Maquiavel
111. **A escrava Isaura** – Bernardo Guimarães

112. O solteirão nobre – Sir Arthur Conan Doyle
113. Sexo na cabeça – Luis Fernando Verissimo
114. Shakespeare de A a Z (Livro das citações) – William Shakespeare
115. A relíquia – Eça de Queiroz
116. Orgias – Luis Fernando Verissimo
117. O livro do corpo – Vários (org. de Sergio Faraco)
118. Lira dos 20 anos – Álvares de Azevedo
119. Esaú e Jacó – Machado de Assis
120. A barcarola – Pablo Neruda
121. Os conquistadores – Júlio Verne
122. Contos breves *seguido de* **O mago apodrecido** – G. Apollinaire
123. Taipi – Herman Melville
124. Livro dos desaforos (Poesias) – Org. de Sergio Faraco
125. A mão e a luva – Machado de Assis
126. Doutor Miragem – Moacyr Scliar
127. O penitente – Isaac B. Singer
128. Diários da descoberta da América – Cristóvão Colombo
129. Édipo Rei – Sófocles
130. Romeu e Julieta – William Shakespeare
131. Hollywood – Charles Bukowski
132. Billy the Kid – Pat Garrett
133. Cuca fundida – Woody Allen
134. O jogador – Dostoiévski
135. O livro da selva – Rudyard Kipling
136. O vale do terror – Sir Arthur Conan Doyle
137. Dançar tango em Porto Alegre – Sergio Faraco
138. O gaúcho – Carlos Reverbel
139. A volta ao mundo em oitenta dias – Júlio Verne
140. O livro dos esnobes – W. M. Thackeray
141. Amor & morte em Poodle Springs – Raymond Chandler & Robert Parker
142. As aventuras de David Balfour – Robert L. Stevenson
143. Alice no País das Maravilhas – Lewis Carroll
144. A ressurreição – Machado de Assis
145. Inimigos, uma história de amor – Isaac. B. Singer
146. O Guarani – José de Alencar
147. Cidade e as serras – Eça de Queiroz
148. Eu e outras poesias – Augusto dos Anjos

149. **A mulher de trinta anos** – Honoré de Balzac
150. **Pomba enamorada e outros contos** – Lygia Fagundes Telles
151. **Contos fluminenses** – Machado de Assis
152. **Antes de Adão** – Jack London
153. **Intervalo amoroso e outros poemas escolhidos** – Affonso Romano de Sant'Anna
154. **Memorial de aires** – Machado de Assis
155. **Naufrágios e comentários** – Álvar Nuñes Cabeza de Vaca
156. **Ubirajara** – José de Alencar
157. **Textos anarquistas** – Michael Alexandrovich Bakunin
158. **O pirotécnico Zacarias** – Murilo Rubião
159. **Amor de salvação** – Camilo Castelo Branco
160. **O gaúcho** – José de Alencar
161. **O Livro das maravilhas** – Marco Polo
162. **Inocência** – Visconde de Taunay
163. **Helena** – Machado de Assis
164. **Uma estação de amor** – Horácio Quiroga
165. **Poesia reunida** – Martha Medeiros
166. **Memórias de Sherlock Holmes** – Sir Arthur Conan Doyle
167. **A vida de Mozart** – Stendhal
168. **O primeiro terço** – Neal Cassady
169. **O mandarim** – Eça de Queiroz
170. **Um espinho de marfim** – Marina Colasanti
171. **A ilustre Casa de Ramires** – Eça de Queiroz
172. **Lucíola** – José de Alencar
173. **Antígona** – Sófocles – trad. Donaldo Schüler
174. **Otelo** – William Shakespeare
175. **Antologia** – Gregório de Matos
176. **A liberdade de imprensa** – Karl Marx
177. **Casa de pensão** – Aluísio Azevedo
178. **São Manuel Bueno, Mártir** – Miguel de Unamuno
179. **Primaveras** – Casimiro de Abreu
180. **O noviço** – Martins Pena
181. **O sertanejo** – José de Alencar
182. **Eurico, o presbítero** – Alexandre Herculano
183. **O signo dos quatro** – Sir Arthur Conan Doyle
184. **Sete anos no Tibet** – Heinrich Harrer

Coleção L&PM POCKET/GASTRONOMIA

1. **100 receitas de macarrão** – Sílvio Lancellotti
2. **160 receitas de molhos** – Sílvio Lancellotti

Impressão:

Com filmes fornecidos